I0547209

MENTAL
NOISE

REALIDADES INVISÍVEIS

José Roberto e Leite

Seria possível acordar dentro do próprio sonho, ou simplesmente sonhar que acordara dentro do próprio sonho e achar que de fato acordara dentro do próprio sonho; e tocar realidades invisíveis e ser levado à maior e surpreendente descoberta da sua vida: "Quem de fato você é?".

autor

*

Mental Noise

Realidades invisíveis

José Roberto E Leite

1ª Edição

2014

Copyright © 2014 por José Roberto E Leite

Todos os direitos reservados. Nenhuma parte deste livro pode ser utilizada ou reproduzida sob quaisquer meios existentes sem a autorização por escrito do editor.

Capa: Imagem da internet
Foto do autor: Márcio Leite

ISBN – 978-85-917124-0-3

O desafio é chegar ao final!

Aos meus amados e queridos filhos, Marthinha Dias, 33, e Rodrigo Leite, 21, que me motivaram à persistência para continuar acreditando e o amor de pai para continuar amando incondicionalmente, sem opção – acontecesse o que acontecesse, pois a vida "não dá um tempo" para que as forças retornem; não! A vida segue em frente e acontece sem a sua permissão.

Mas – principalmente a Deus, o Senhor da vida: por ter me dado meus filhos e toda a vida e suas peripécias, ambivalências, vicissitudes, transições, provações, tribulações, frustrações, dores, fé, confiança, caminho e gigantescas dificuldades! Tudo isso me trouxe até aqui; e, como a argila nas mãos do oleiro, me moldou como hoje sei que Sou! Por tudo, agradeço do mais profundo do coração.

Palavras de Mooji:
"Não há um 'eu' que fala! Há um pensamento de um 'eu' que fala".
"O falar acontece espontaneamente".
"Antes de um pensamento aparecer na sua mente, nem sabia o que vinha".
"Não há algo que mande uma mensagem, o pensamento simplesmente vem".
"Observa, espera no Ser!".
"E nota uma inteligência que fala espontaneamente na sua Presença".
"Você apenas está ciente, na verdade, do que está surgindo".
Mooji, meu amado professor.

Prefácio I

Meus adoráveis mestres:
"Por que eles não sabem o que fazem... Estão nas garras de forças inconscientes... Na inconsciência de fluxos mentais... emocionais... Dominados pelos próprios pensamentos".
"Sofrimento implica uma estória... Um eu que é infeliz... Uma entidade criada na mente... O pequeno eu... Que tem uma estória infeliz... Que é a sua identidade equivocada".
"Isso cria uma enorme quantidade de sofrimento... No entanto, alguém disse: Porque eles não sabem o que fazem, Perdoa Pai!".

Ideia de Partilha Amorosa de Eckhart Tolle pelo autor

"O que parece nascer e o que parece morrer são na verdade nomes e formas [nossos conceitos de vida e de corpo apenas] – assim como a onda morre para voltar a ser una com o oceano: era água como onda e água como oceano. "Onda" foi apenas um nome dado ao Oceano individualizado como onda. Nada mais".

Ideia de Partilha Amorosa de Mooji e JS Goldsmith pelo autor

"Não se pode atingir nada 'no futuro'. Não se pode agregar nada ao que já é. Não se pode tentar atingir o silêncio, você já é o Silêncio! Você já é Percepção! Já é Consciência! É Ser!".

Ideia de Partilha Amorosa de Adyashanti pelo autor

E conhecereis a Verdade, e a Verdade vos libertará [não pelo conhecer, mas pela Verdade]... Eu nada posso fazer de mim mesmo [desse aspecto humano]; mas o Pai que habita em mim é quem realiza as obras [que eu faço]... Buscai primeiro o Reino de Deus e sua justiça, e tudo o mais [de que necessitais em seu coração, segundo minha vontade] vos será dado pela Graça.

Ideia de Partilha Amorosa de Jesus Cristo pelo autor

"O Ser já é perfeito. Nada há que ser mudado, transformado, melhorado. O único equívoco é a mente 'não liberada', isto é, condicionada ao hipnotismo. Há um Ser dentro (moldado) de você, esperando para Se instalar, que reconhece isso hoje! Pode reconhecer isso hoje, ou terá que aguardar sua graduação espiritual?".

Ideia de Partilha Amorosa de Rleite e JS Goldsmith pelo autor

Prefácio II

Seu nome é Joel, personagem central desta história. Joel é um buscador extremamente interessado no despertar da consciência para as "realidades invisíveis"; mas deixará de sê-lo em algum momento de sua vida nesta história, assim que entender que não se pode buscar o que É! Simplesmente porque o que É não pode ser conseguido no futuro, pois Já É! Joel, eu e você já Somos! Ser é tudo o que podemos ser. Não se consegue consciência, se É consciência! Ser uma benção, ou Ser, é tudo que alguém pode ser! Nada mais! Como também não se atinge a paz, mas Somos paz! Nem silêncio, Somos silêncio! E a Alegria, a Felicidade... Já somos, Agora, a interminável alegria de Ser! Perfeitos! É a vida que é Deus a qual vivemos e experimentamos; não uma vida humana, separa e à parte de Deus. Não! Mas a vida que é Deus! Deus vive cada um de nós, singularmente (...) cada milésimo e milímetro de sua criação, porque é Ele que se movimenta ao mesmo tempo – "como" tudo – em todas as direções; Ele mobiliza o Universo inteiro a seu favor; "os dados de Deus estão sempre chumbados, como disse R. W. Emerson, não se pode ganhar de Deus". Se baixar Deus do céu e deixá-lo viver a sua vida, ser sua vontade, sua meta, seu destino, suas grandes ideias, seus investimentos, verá grandes milagres se insurgindo na sua vida e na vida das pessoas com quem você convive. Uma chama acende todas as outras. Acredite! Afinal, o que você tem a perder? Um dia você vai perdeu tudo mesmo, e irão espalhar tudo que você juntou. Vem! Seja bem-vindo!

Importante consideração ao leitor:
Note que a narrativa é sempre feita na 3ª pessoa do Ser real de Joel. Os diálogos que se realizam como lembranças de fatos ocorridos com Joel na vida cotidiana estão sinalizados entre aspas (""). Certas narrativas que servem de encadeamento ao plano dos diálogos de lembranças subitamente mudam da 3ª pessoa do Ser real de Joel para a 1ª pessoa de Joel. Os diálogos que ocorrem no plano real do sonho e não significam lembranças não sofrem o recurso das aspas (""), prevalecendo o sinal (-) de parágrafo. Desejo a você a melhor viagem que possa fazer ao seu interior.

"Eu sou o Eu superior de Joel... De novo. Melhorando. Eu sou o Eu interno... Novamente. Simplificando. Eu sou o Ser real de Joel e vou contar uma pequena parte da sua história de vida. Eu estava lá e presenciei tudo. O desafio é deixar a zona de conforto e chegar!".

UM
Acordando dentro do sonho

Joel acordara dentro do próprio sonho em uma casa... estranha! Muito estranha e nada familiar! Não sabia como havia chegado ali, tampouco por que estava ali, metido acordado naquele sonho. A casa exibia uma individualidade dilatada, fria e escura. Muitos móveis antigos, com ares de empoeirados. O silêncio mantinha-se vigilante, mudo, assustador. Era inverno e um vento assoviava lá fora, como que anunciando seu poder avassalador. E era madrugada, porque o relógio – de quase dois metros de altura –, com suas gárgulas em relevo talhadas em torno, profundo, dera duas badaladas, longas, parecia terminarem no fim do Universo. Primeiro: altas, agudas; depois: baixinho, sonolentas, até se desfalecerem no vazio. Uma espécie de arrepio subiu-lhe ao topo da cabeça. Olhou em volta, observando, e voltou a ficar pensativo. Depois, levantou-se e foi até um dos muitos abajures e o ligou. Uma cor âmbar acolhedora se instalou rápida na sala, varrendo para o umbral das sensações a penumbra sinistra. "Agora está melhor", pensou. Notou, então, que havia uma lareira com uma chama desfalecendo tímida, crepitando aqui e ali. Se havia alguém na casa, "isto é, no meu sonho – reformulou", ele não sabia. Mas caso houvesse e resolvesse aparecer, ele teria que enfrentá-la advertindo que o sonho era o dele, mas que poderia ficar se desejasse. Nisso, em cima da mesa de centro – de um mármore frio, sustentado por madeira colonial e couro marrom –, percebera que algo familiar repousava indiferente, porém convidativo. Franziu o cenho, tentando estabelecer um foco de visão mais apurado, olhou novamente... e logo teve a certeza: era de fato o diário proibido – místico-comprometedor – de Mauro Jorge.

- Mas como? – pensou. – Esse diário eu o tenho trancado na gaveta de minha mesa. Como então veio parar aqui? E... E o que é aqui? Que lugar é esse, afinal, no qual estou sonhando? E por que estou acordado? E por que estou sonhando o que estou sonhando?

Eram perguntas sem respostas, ainda. Mas depois de uma breve reflexão, acrescentou:

– Claro, como pude me esquecer! Nos sonhos, as paredes, os objetos são fluidos e estão em muitos lugares ao mesmo tempo. Podem se materializar e se desmaterializar sem obedecer nenhuma lógica aparente. Tudo o que é exigido da consciência é observar afastada do conteúdo que se apresenta. Está acontecendo na consciência ou para a consciência, mas que não se trata da consciência "em si". A consciência "em si" ou percepção pura é o Agora consciente, onde tudo ocorre. Mas o que ocorre... – parou por um instante, entendendo algo, depois disse – é a própria substância quântica se estabelecendo "aleatoriamente". É isso! A consciência – o Agora consciente – é o campo das infinitas possibilidades. É por isso que estou sonhando isso que estou sonhando. Foi a melhor maneira que meu Ser encontrou para que eu recebesse o "insight", porque as distrações do cotidiano esfumaçam o campo da percepção. Tem que ser! Só pode ser!

Joel então se dera conta de que havia já sonhado esse sonho no mínimo duas vezes. Por que, ele ainda não sabia exatamente. Por mais que tentasse, Joel não conseguia ter domínio sobre o próprio sonho, mesmo tendo consciência de que estava sonhando – se é que estava sonhando.

Um pensamento lhe ocorreu momentaneamente: "Quem eu sou?".

Resolveu. Esticou-se para frente e tomou do diário. Abriu diligentemente na primeira página, demorando alguns segundos, depois folheou até encontrar o que procurava. Parou, ficou um tempo pensativo e repassou mentalmente a conversa que tivera com Baby, a viúva de Mauro Jorge, poucos dias atrás. Baby já o aguardava perto do lago, no Parque do Ibirapuera, sentada na grama com o olhar perdido no horizonte. São Paulo, nesta época do ano, primavera, tem um semblante singular e distinto das demais estações. Não só pelo tom âmbar-alaranjado – articulado por um sol ameno, uma luminosidade alegre e prevalente, transparente – como pelo pulsar de uma metrópole ativa radiando esperança. O clima estava fresco, agradável. Havia um silêncio brando no ar circundando os carros lá fora que seguiam impacientes na direção do Aeroporto de Congonhas, e que se cruzavam indiferentes – também – com os que vinham em sentido contrário e se dirigiam para as avenidas Paulista e Brigadeiro, Jardins, Centro e Radial Leste. Baby e Joel só tinham se visto uma ou duas vezes, no tempo em que Joel fora paciente de Mauro Jorge. De lá para cá, dois anos haviam se passado.

"Baby?" – falei.

"Joel?" – indagou Baby, com um espanto no olhar.

"Sim" – respondi, depois completei. – Recebi seu telegrama, meus pêsames.

"Obrigada, mas nem se dê a mais por isso – comentou Baby, num tom categórico. Essa era a marca registrada de Baby: falar pelos cotovelos, e continuou. –. Já estou demais conformada. Desde a morte de meus pais, naquela aventura absurda naquele maldito balão, nunca recebi tantos pêsames tão doidos! Talvez seja a minha sina: pais excêntricos, marido pirado. Enfim, lidando frequentemente com pessoas assim, Mauro Jorge não podia ser simplesmente normal! Você me desculpe, Joel, sei que foi paciente do meu marido... Mas o Mauro Jorge tratava de gente muito ruim da cabeça, demais! – E parou por um segundo ou dois, olhando-me como que esquadrinhando um mapa, depois acrescentou: – Você parece que se curou!"

"Sorri, achando graça naquela intenção sem qualquer intenção a não ser uma originalidade fora de controle se expressando, e perguntei: – Por que, pareço pessoa normal?"

"Pois é, me pegou!"...

"O que você quer dizer, exatamente, com 'gente ruim da cabeça'?"

"Talvez a palavra apropriada deva ser 'excêntrica': pessoas esquisitas demais para o meu modo de ver as coisas! Uma alega que foi abduzida pelos extraterrestres e passou um tempo servindo como cobaia. E agora vem a melhor parte: ficou traumatizada e por isso não consegue arranjar marido. É ir um pouco longe demais para não assumir a responsabilidade por sua vida e escolhas. Outra voltou horrorizada do Nepal porque descobriu que em uma vida pregressa foi vítima do Jack-estripador. A outra, então, quase uma heresia! Em plena Idade Média havia sido um soldado e lutado ao lado de Joana d'Arc. Entre uma batalha e outra, trocavam confidências e mantinham um romance em segredo, até ser traída pela inquisição e terminada na fogueira. Acho que o menos afetado deles todos é o Julinho, o estilista, que afirma que viveu uma aristocrata do algodão em 1865 e estava com o marido no teatro, ao lado do camarote de AL, na hora em que AL fora assassinado".

"AL?" – indaguei confuso.

"Abram Lincoln! Coisas de Julinho 'AL'"

"Bom – sorri novamente, achando graça por não saber naquele momento o que achar daquilo tudo, mas completei –, comparado a elas, talvez eu pareça bem normal".

Joel estava alegre, relaxado e se divertia com os comentários de Baby, coisa que não fazia há bastante tempo. Porém, não fazia a menor ideia do que ainda teria pela frente com as revelações de Baby...

Uma rajada de um vento rasgante, gélido, singular, fez com que as janelas do andar de cima começassem a bater. Isso tirou Joel de seu colóquio mental com Baby. Tentou rapidamente retomar seus pensamentos, mas logo percebeu que não tinha poder de decisão. Assim, obedeceu pacientemente às diretrizes do sonho, levantando-se e indo até o andar superior fechá-las. Já de volta ao andar de baixo, na sala, uma cumbuca de leite com aveia surgiu assim... na sua mão, simplesmente. Estava quente e convidativa. Começou a comê-la e, imediatamente, percebeu uma liberação interna... e pode então retornar à sua reflexão.

- O que foi mesmo que Baby disse! – pensou.

"Mas o Mauro Jorge não podia ter feito isso! – exclamou Baby, inconformada. – O que mais me preocupa é o carma complicado que o suicídio impõe. Andei lendo sobre o assunto, inclusive a visão das várias Igrejas, e não é nada animador. Já fui a duas palestras suas, você não toca nesse assunto do suicídio, por quê?"

"Pois é!" – falei, encontrando dificuldade para continuar...

Havia em Joel certa relutância desconhecida em falar sobre o suicídio. Não conseguia se interessar pelo assunto por mais que lhe fosse recomendado, tampouco nada que se relacionasse com os chamados "espíritos". Tinha respeito por essa filosofia, pois sabia de sua importância para aqueles que com ela se afinavam, porém não se sentia atraído pela abordagem kardecista em seu sentido didático, mas reconhecia a necessidade premente dessa abordagem alegórica ainda em quase todas as religiões e filosofias espirituais. Para Joel, a alma não requer um espaço iconográfico, não havia que ter hospitais, bibliotecas, tampouco casas ajardinadas numa dimensão atemporal. Assim como na predominância católica e evangélica, céu e inferno precisariam ser vistos não como locais, e, sim, como estados de espírito ou alma. A vida no além em quase nada o interessava. Para Joel, a vida tinha que ser compreendida aqui, isto é, vivida conscientemente aqui. A Bíblia e Livros de todas as religiões e crenças deveriam servir apenas como placas que indicassem o caminho para dentro, para "o Meu reino", de onde o Pão desce do céu e a Palavra nasce virgem, liberando a mente desse mundo. No entanto, Joel reconhecia ser um simples aprendiz.

"Não é bem a minha praia – falei, olhando-a com simpatia –, se é que me entende! Mas posso afirmar que vai depender muito do motivo e das condições em que o suicídio do Mauro Jorge se deu. Até onde eu sei, o suicídio pelo estado inconformado do ego, o pequeno eu, criado pelo próprio ego...".

"Está acompanhando? – falei, achando que Baby tivesse se distraído, e Baby fez que sim com a cabeça, desenhando no ar um signo de 'por favor' para que continuasse".

"Então, o suicídio pelo estado inconformado do ego é inadequado para o Ser espiritual como a melhor solução, porque partiu de um estado de consciência humano mimado. Mas isso não é o fim. Deus é misericordioso o suficiente para ajustar e tirar o bem das escolhas erradas que fazemos. Isso não nos livra das consequências, mas através delas purgamos o erro e somos libertados para Ele. O Ser espiritual é a identidade crística em nós, o ser indiviso, único, um só em todos. Esse estado inconformado do ego, não é o caso de Mauro Jorge, tenho certeza. Deve haver outro motivo. Acho que devemos olhar em outra direção".

Joel notou que Baby se curvara para frente, tinha agora um semblante entristecido, pesaroso. Foi a primeira mudança dela desde que ele ali chegara.

"Eu estou me perguntando agora – falou sem desviar o olhar do gramado –, onde está Deus nisso tudo?"

"Aqui! Sempre Aqui! Olhe! – falei, e Baby voltou a olhar para mim. – Deus não raciocina, nem tem qualidades humanas, Ele é! Nem vai fazer nada para alguém amanhã que já não esteja fazendo tudo agora. Isso é muito importante você entender. A totalidade do poder e da presença de Deus – a totalidade, insisti – está presente sempre agora, Aqui! Dentro "como" nós, nossa consciência, e "fora" como tudo, também nossa consciência só que dividida, individualizada. É preciso muito cuidado para não projetar em Deus as qualidades humanas, como: vingança, culpa, falta de perdão, julgamento... Não! Deus é amor e perdão sempre".

"Será mesmo?" – perguntou, mas admitindo certa dúvida.

"Alguém disse que Deus é sempre vítima da nossa inteligência. Pura verdade! Por isso, mesmo o que não se tolera, no caso o suicídio, pode ser perdoado. Deus é o senhor do Universo, e sua lei é espiritual, não humana. Para Ele, nada é impossível. Assim, tentar matar uma vida é pura besteira. A vida não pode ser morta, a vida é Deus. Nós vivemos a vida que é Deus. Não existe isso de uma vida separada de Deus, Ele não poderia mantê-la. Lembre-se da parábola dos ramos e da videira! Agora, na inevitável dualidade da existência... Noite, dia. Frio, calor. Nascimento, morte. Vida, vida. Não há contrário para a vida. O que parece morrer são nomes e formas. Ilusão".

Joel parou um pouco, olhou à sua volta, como que buscando iluminação para conseguir simplicidade no que pretendia dizer, depois continuou:

"Veja! – falei. – O suicídio, pelo tormento inevitável, deve ser encarado de outro modo, assim como o suicídio que tem sua origem na dor desmedida, seja no corpo ou na alma, também. Mas somente o suicídio de um mestre espiritual, sem ego, pode ser considerado indulgente, porque foi realizado consciente e em total desapego das emoções. Em pura entrega e amor. Em abandono e confiança em Deus mesmo! Ele é feito eliminando a alimentação perecível como a conhecemos e substituindo-a por folhas. O processo é composto de uma dieta de ervas e um mínimo de água. Em poucos anos, todo porte bacterial é suprimido mantendo a estrutura corpórea incólume, livre da decomposição. É dessa forma que o mestre literalmente seca desidratado, intacto. Morre".

Joel aguardava em silêncio que Baby se manifestasse, ajeitou-se comodamente na grama, de barriga para cima, e deixou-se levar em sua intuição pelos tufos de nuvens pairando num céu de primavera. Passou a observar calmamente as formações. Ora era um carneirinho de sua infância, ora um cupido ágil de sua adolescência. Havia também dragões, tanques de guerra, navios e uma série de aviões-caças em diversas formações. Houve também um momento no qual a bruxa dos sete anões parecia carregar em sua mão fina e ossuda uma maçã. Nisso, notou que o céu azul permanecia imperturbável, indiferente a qualquer das formações. Imediatamente fez um paralelo com a consciência. As formações aconteciam nele, naquela imensidão azul, mas não eram ele. Ele era o céu azul. E o céu azul sabia que o que entrava já estava saindo: o que vinha, passava; o que surgia, desaparecia; o que chegava, partia... Joel então entendeu que tudo na vida tinha hora para começar e hora para acabar, exatamente como as formações no céu, exatamente como os conteúdos na consciência, independente de serem emoções, sensações, pensamentos, medos, dificuldades, preocupações... o que fossem. A consciência teria que fazer exatamente como o céu azul faz: observar, apenas! Não era ela, mas nela!

Havia muito tempo que Joel não se dava a essa brincadeira, deitar simplesmente e se fundir com o céu, deixando tudo chegar e tudo passar... livre. Apenas observando, sem jamais interferir, nem se tornar um com o que está surgindo, apenas observar... livre.

Na sua infância, Joel costumava se deitar na calçada em frente à sua casa, uma rua tranquila e limpa do interior e olhar as nuvens – e sem saber que o fazia –, desenvolvia sua intuição. As meninas geralmente brincavam ali de roda, amarelinha ou se realçavam pulando corda. Os meninos empinavam pipas ou brincavam de esconde-esconde. Porém, poucos minutos depois, todos – ou quase todos – corriam e se deitavam ao lado de Joel "brincando" de quem-está-vendo-o-quê na formação das nuvens? Tudo surgia e tudo desaparecia. Era mágico. Tudo valia, só dependia do tamanho da imaginação. Era mágico... Era livre.

Mas houve uma noite especial. Era lua cheia e faltava energia elétrica na cidade toda. Uma hora antes do black-out, Joel penteava os cabelos na frente do espelho usando uma camisa azul-clara com uma calça curta azul-marinho. Havia no ar e principalmente dentro dele uma atmosfera bastante peculiar. Era como se tudo o que pesasse ou incomodasse tivesse sido desfeito milagrosamente. Era de fato uma sensação libertadora, como estar flutuando num tufo macio de nuvem, enquanto todo o resto indigesto e confuso da existência acontecesse cinco mil metros abaixo.

Acabara de jantar quando o black-out se deu. Correu então para a rua. Lua cheia linda! As mães colocaram suas cadeiras na calçada em frente das casas enquanto a criançada se esbaldava nas brincadeiras. De repente, Joel notou algo extremamente íntimo e reconfortante dentro dele. A Lua, as brincadeiras, as mães, o cheiro da dama-da-noite, tudo acontecia como se fosse ele próprio (era fora e era ele, pensava, estava fora e estava nele), e que foi sentido simplesmente como um profundo contentamento e uma paz macia indescritível. Foi a primeira vez em que o Ser havia emergido em Joel sem que ele tivesse tido consciência do fato. Todos passam por isso pelo menos uma, duas, três vezes durante a infância, no limiar do prenúncio da puberdade.

Joel olhou para Baby, sentou-se ao seu lado e esperou. Baby continuava quieta, absorta em seus devaneios. Ele não conseguia imaginar o que se passava com seus pensamentos. Observou um pouco as pessoas que ali transitavam retraídas, com ares deprimidos, falando sozinhas, assustadas, gesticulando, todas ensimesmadas em pensamentos que jamais se realizariam. Joel ficou assim, observando, durante um longo tempo...

"Como ocorreu exatamente o suicídio de Mauro Jorge – falei, rompendo em Baby o mutismo que se instalara –, consegue falar sobre isso?"

"Como vou saber – respondeu Baby, com uma mistura amargo-doce – Mauro Jorge estava a cinco mil pés de altura e subindo?"

"Como assim, não entendi?"

"Mauro Jorge participaria de um congresso na França, e o avião em que viajava simplesmente se espatifou no mar. Tem um mês, deve ter visto nos jornais".

"Hum! Mauro Jorge estava a bordo desse voo que fez escala no Nordeste... Mas espera um pouco! Se o avião caiu, e caiu, então não houve suicídio... E não houve sobreviventes, não foi?"

"Aí é que a coisa pega! Mauro Jorge sabia que esse avião iria cair. Sabia dos detalhes: dia, hora, lugar... Ele deixou tudo documentado e assinou."

"Pretende entregar o documento às autoridades, suponho?"

"Nem depois da minha morte! Pensou no tamanho da encrenca? Pessoas foram linchadas por muito menos! – deu uma pausa, olhou na direção em que crianças brincavam e comentou: – Como elas se divertem a valer, e como riem alegres... Gostoso! Daria tudo para ter isso de volta em mim... No início achei que Mauro Jorge tivesse se explodido e derrubado o avião. Depois, que um tiro tivesse atravessado a fuselagem e feito o mesmo. Depois... achei que tivesse ficando louca e parei de pensar no assunto".

Silêncio.

"Eu me lembro, fui levá-lo ao aeroporto e o número do voo não coincidia porque havia sido remanejado, por quem não se soube. Mauro Jorge enlouqueceu, jamais tinha visto tamanha fúria nos olhos de alguém. Foi um horror!"

Silêncio.

"De repente, Mauro Jorge olha na direção de uma moça com um filho de colo, era uma indiana, trajava 'sári' e usava na testa um pingente. Ela o chama e Mauro Jorge se aproxima. Eles conversam rapidamente e saem para uma sala da companhia. Cinco minutos depois, Mauro Jorge retorna e diz 'Não se preocupe, estou embarcando'. O que aconteceu, e onde está a moça, perguntei. E o que foi que Mauro Jorge calmamente me disse? 'Eu contei a ela toda a verdade e pedi que não dissesse a ninguém, que ela e seu filho estavam sendo retirados daquele voo por decisão espiritual, e que me havia sido incumbido morrer no seu lugar e no de seu filho'".

"Nossa! – exclamei."

"Eu queria matar o Mauro Jorge, porque achava que havia mentido e influenciado aquela moça de maneira tão baixa. Mas, em seguida, ele me disse o que a moça havia lhe dito ao pé do ouvido, que sonhara com um anjo na noite anterior e que lhe havia dito com essas palavras: 'Acredite no mais improvável'! O que acha que a imprensa faria comigo, caso fosse tão estúpida e entregasse o documento e narrasse letra por letra o que estou lhe contando?"

"Não consigo imaginar..." – E Baby nem me deixou terminar.

"Não me leve a mal, não, Joel, mas acho que tanto os pacientes quanto as experiências acabaram deixando o Mauro Jorge desgovernado, por isso dessas visões que ele falava...".

"Que visões – exclamei, achando que Baby 'pudesse estar viajando'".

"Já ouviu a expressão 'under lead'?"

"Claro! – falei. – É um elmo de chumbo usado supostamente para viagens astrais".

"Então! Mauro Jorge e dois amigos dele costumavam fazer essas experiências na serra da Cantareira. Vestiam esses capacetes e supostamente deixavam o corpo. Algum tempo depois, retornavam e anotavam tudo em fichários... O grupo chamava tais anotações de 'visões'".

Para os adeptos desse tipo de viagem astral, o chumbo é imprescindível para a proteção psíquica das impurezas astrais. Segundo dizem, essas impurezas atacam os viajantes com miasmas de odor insuportável – se assemelha bastante ao odor de um trauma pulmonar –

confusão mental, dores, desesperos e tormentos emocionais instalados na aura em volta do corpo.

"Suponho que tem guardado com você o diário de Mauro Jorge. Gostaria muito de dar uma olhada, se fosse possível – falei, sem disfarçar tamanha curiosidade".

"Certamente! Vou deixá-lo com você. Pra mim, não tem serventia alguma – e retirou da bolsa um livro com capa de metal dourado e me entregou. – Mauro Jorge guardava isso no escritório, não fazia segredo. Uma noite, durante essa suposta viagem astral na serra da Cantareira, apareceram dois garotos para assaltar e um deles tocou no amigo de Mauro Jorge, que praticava mais à frente. O amigo teve um súbito anafilático e morreu ali mesmo. Mauro Jorge escreveu no fichário 'não houve tempo de retornar ao corpo, nem de comparar as visões'. Juro, eu gostaria que Mauro Jorge tivesse sido um bundão, desses que saem do trabalho, vão para casa e não fazem nada a não ser assistir televisão, mas também não se envolvem com nada. Visões... Meu Deus!"

"Fale-me dessas visões – falei quase que implorando".

"São visões de uma Nova Terra, você não imagina! Essa Nova Terra simbolizaria a segunda vinda do Cristo, agora como consciência individual já em processo. Seria a Nova Consciência se insurgindo ainda tímida, mas definitiva. A partir de 2022, estaria previsto um afunilamento em módulos, o qual se encerraria na sutilização seis anos depois de seu início. Os números do ano somados dão 6: seis anos de purificação.

"Afunilamento? – perguntei, sem ter a mínima ideia do que viria".

"Sim, isso mesmo!"

"E o que isso quer dizer, afinal?"

"Segundo as visões coletadas no grupo e comparadas com as visões de grupos no mundo todo, o processo de afunilamento se dará do estágio de consciência mais grosseiro ao mais apurado. Seria, na verdade, o início do fim orquestrado do falso livre-arbítrio. Primeiro seriam os assassinos, os sequestradores, os corruptos e os assaltantes. Esse processo levaria três anos. Após esse período, tais condutas estariam extintas. Em seguida, após os três anos, os ladrões, os caluniadores, os adúlteros e os gananciosos, esse processo levaria dois anos. Após esse período, esse modo de proceder também estaria extinto. E por último, após dois anos do ocorrido, os julgadores, os mentirosos e os estelionatários. Esse processo levaria um ano.

Após esse período, todo o comportamento estaria transformado em um viver pleno, contemplativo, o início da sutilização humana. Tudo continuaria sendo feito como é hoje, a sociedade e seus deveres, com cada um fazendo a sua parte com responsabilidade com o todo, sem a menor chance de segregação".

"Interessante... – falei e parei tentando juntar as imagens".

"A segunda parte das visões explica detalhadamente como isso vai ocorrer. Iniciado o primeiro módulo, os que fazem parte por identificação da energia, os assassinos, os sequestradores, os corruptos e os assaltantes, começariam a ter sintomas que os motivassem a um estado reformulativo da consciência. Os que por ventura não se rendessem, devido à densidade humana, entrariam então em um processo de desertificação extremamente doloroso e sem volta, no qual toda a água compondo o sangue, os músculos, os órgãos, os tecidos do cérebro, se evaporaria abandonando o corpo a um bagaço ressequido, digamos assim".

Baby calou-se em um silêncio que pareceu uma eternidade e ficou me olhando, aguardando provavelmente alguma reação. Eu continuei imóvel olhando fixo em seus olhos. Não pensava, apenas queria ouvir mais.

- Tem um adendo que deixa bem claro o seguinte: Ao se iniciar o processo de desertificação, não será possível pará-lo ou voltar atrás na decisão de não se render. Durante dias, antes que o processo de desertificação se complete e o coração finalmente pare de bater, uma retração insuportável fará com que o crânio esmague pouco a pouco o cérebro. Isso, segundo o relato, fará com que a pessoa enlouqueça de uma maneira horrível, chegando alguns a decepar a própria cabeça, mas não morrerão até que todo o tecido humano esteja completamente seco.

- Sinceramente, não sei o que pensar.

Silêncio.

"O módulo seguinte – finalmente retomou –, os ladrões, os caluniadores, os adúlteros e os gananciosos, a mesma coisa se daria: os sintomas reformulativos da consciência, o esmagamento do cérebro, o processo de desertificação caso também houvesse recusa".

Pensei em dizer alguma coisa, mas desisti.

"O estágio apurado ou terceiro módulo, o dos julgadores, mentirosos e estelionatários, se repetiria da mesma forma: primeiro os sintomas já conhecidos, depois o esmagamento do cérebro seguido imediatamente pela desertificação, com um agravante no geral após se ter completado o ciclo dos seis anos: caso fosse possível que ainda houvesse alguém que pudesse ser atraído pelo tipo de comportamento anterior ao afunilamento, imediatamente se iniciaria o processo de desertificação, mesmo que jamais tivesse pertencido a nenhum estágio mais grosseiro. A paciência do Planeta e do Universo se esgotara, e foi o fim do que eles chamam de falso livre-arbítrio"!

As pessoas estão presas em suas mentes e nem sabem disso. Só fazem o que foi decidido pelo ego, através de seus pensamentos. Isso, de fato, não é livre-arbítrio, mas um estado de sem-escolha.

"Após o sexto ano do afunilamento, os Sete Pecados Capitais: avareza, gula, inveja, ira, luxúria, preguiça, vaidade, estariam extintos! Aflições do comportamento: medo, ódio, desconfiança, estariam extintos! Aflições da personalidade: orgulho, egoísmo, mágoa, culpa, estariam extintos!"

Houve um tempo de silêncio, cada qual tentando um apuro maior das ideias.

"Se não for feito o que deve ser feito, acredito que o afunilamento possa ocorrer, sim, embora eu tenha outro nome para isso, mas isso não importa – falei. –. Talvez em proporções distintas e até maiores... Vou lhe fazer uma pergunta: 'Por que acha que está na Terra?'".

"Uau! Pergunta difícil a sua... Na verdade, eu não sei! Eu poderia falar um monte de coisas: as que eu li, as que eu vi, as que eu assisti. Mas não seriam as minhas verdades, mas as verdades das pessoas que experimentaram. Eu só estaria declamando argumentos dos quais eu mesma não tenho certeza!"

"Muito bem! Você não está aqui para ser arquiteta, para ser esposa, para ser mãe, para ser viúva... Não que não possa ser, só que não está aqui para ser isso. Nem para se destacar, nem para ser um sucesso, nem para ser rica nem pobre, nem feliz nem infeliz. Essas coisas não passam de substratos do essencial, de acessórios para passar o tempo. Você está aqui para conhecer 'Sua' profundidade, o 'ser' que você 'é'! E Deus provê essa realização. Ele lhe dá o Planeta e tudo que nele há: os reinos todos à sua disposição. Ele lhe proveu de um corpo de nascimento, de pais, de família, de lar, de estudo, enfim... E continuará dessa forma, lhe provendo até a sua realização. Você pode realizar já nesta jornada ou então deixar para a próxima, ir levando como se diz. Mas um dia terá que fazer".

Baby me olhava em silêncio.

"Iluminados, como Buda e Jesus, vieram e mostraram o caminho, e cada um inseriu a mesma verdade de modos distintos, reservando a cada povo seus costumes culturais. Seria como se uma mesma ideia surgisse "como" fórmulas para o matemático e cores para o pintor, ou "como" notas musicais para o músico e versos para o poeta. Ouça! Se você está contente com as escolhas que fez e ainda faz, não há por que mudar! Se você está contente com as ideias veiculadas na mídia, não há por que mudar! Se o modo como você conduz sua vida lhe dá prazer e lhe traz paz e felicidade, não há por que mudar. Se você já tem algum imóvel próprio, o carro do ano e do seu desejo, se já realizou a maioria das viagens que gostaria de ter realizado e ainda se sente satisfeita, alegre e completa, não há mesmo por que mudar!".

"Entendo perfeitamente o que está tentando me dizer, e não há dúvida sobre uma questão sequer. Se antes não havia nenhuma certeza, porque afinal tudo isso é muito estranho, agora restou muito menos em que me apoiar!"

"Não entendi. Se antes não havia certeza, agora não restou nenhuma razão para duvidar, é isso?".

"É assim. Antes eu tinha algumas coisas em que me apoiar para pelo menos reconhecer que pudesse existir algum fundo de verdade. Agora, as dúvidas em quais eu me apoiava para duvidar, simplesmente sumiram ou foram substituídas por algo que ainda não sei como expressar. Eu sei, é confuso até pra eu mesma entender. Mas, no momento, não consigo dizer de outro jeito".

"Talvez você esteja começando a confiar."

"Sim, mas em quê? É difícil apalpar o invisível! No entanto, reconheço que deve mesmo existir algo mais profundo do que esse montão de tarefas que temos que desempenhar. Às vezes não há sentido algum em nada disso!".

"Não se preocupe, a consciência vai ajustar isso pra você. Mas alguma coisa restou, sempre resta, não importa o quê. O que restou vai agir e incomodar você. Você está começando a despertar para a possibilidade de uma profundidade maior em você. Só essa possibilidade já é assustadora.

Faça reflexões diárias sobre o que restou e irá perceber que mesmo o pouco que ficou já está de partida: conceitos, opiniões, julgamentos. Livre-se deles, deixe-os ir! E o que restar, não terá nome nem peso, e não tente entender porque não haverá nada para entender que se possa fazê-lo com a mente humana. Para sua mente, finita e limitada, tudo não passa de suposições, a não ser que se possa medir no laboratório. Jamais... Jamais se tenha perdida em pensamentos por muito tempo. Retorne ao momento presente sempre que se lembrar, e mantenha-se 'Aqui' o tempo que conseguir".

"Você e sua doutrina dos pensamentos. Então vai, em curto e grosso, defina-os para mim, assim – e fez um sinal estalando os dedos um no outro".

"Pensamentos são os peidos do ego, ou as flatulências, se preferir assim – falei, depois de uma imensa gargalhada. Baby me olhou surpresa e por fim deu-se a rir que não parava mais. Depois se conteve".

"Fedidas, eu imagino!"- exclamou Baby.

"Muito fedidas, eu diria! As flatulências do ego são demais fedidas, de fato podres... As flatulências do ego são como peidos podres mesmos, só servem para aliviar... Faça uma imagem mental de como são pra você as flatulências do ego... Observe cada pensamento como flatulências do ego! Muito rapidamente essas flatulências vão diminuir sua intensidade e deixarão de serem assíduas, e só voltarão a se agitar se você consentir. É o início da 'morte' da mente, e tem sua eficácia e consequência no domínio do corpo!"

"Isso tudo é muito indigesto pra mim. Olha, não sei se tem a haver com o que conversamos, mas assisti a um filme tempo atrás, em que o personagem envolvido na trama vai atrás de um xamã, no estado da Virgínia, aliás, não era bem um xamã, mas um sensitivo, à procura de respostas para os estranhos acontecimentos em sua vida. O próprio sensitivo havia sido vítima desses acontecimentos anos antes. Eram criaturas de tons escuros, atípicas, lembravam os lava-bundas de piscinas vistos na posição vertical. Onde elas surgissem, imediatamente seguiam-se desastres de proporções espantosas. Aqueles que eram expostos ao raio de sua atuação, ou coisa assim, tornavam-se sombrios, deprimidos e, inevitavelmente, acometidos por algum infortúnio. Perguntado depois sobre o porquê dos seres de outras dimensões "virem" até nós, mas não colocarem tudo às claras, simplesmente respondeu dessa forma: 'Já tentou se explicar a uma barata?'. Foi um choque saber dessa possibilidade, inteligências tão desenvolvidas sem meios de se comunicar, por não podermos compreender. E disse mais, 'O caos é provocado pelo que desconhecemos deles, mas não por eles. O que parece mal pode não ser exatamente mal. Matamos tudo que não compreendemos, ou fugimos sem querer entender'. E finalizou: 'Eles sabem disso!'".

"Eu me lembro desse filme, principalmente da parte em que ele usa a maçã e a lesma, para exemplificar".

"Maçã... Lesma... Não me lembro disso. Devo ter ido ao banheiro, sei lá".

"É o seguinte! Faça de conta que há aqui uma maçã. Se eu, num gesto abrupto, retirasse a maçã da sua frente, com certeza você veria meu gesto. Mas se eu fizesse o mesmo movimento na fuça de uma lesma, ela simplesmente veria a maçã sumir no ar. São estruturas que funcionam diferentes, nem evoluídas nem ignorantes. Entendeu? Como as lesmas, nós também não vemos que os seres entram e saem desta dimensão"!

"Nossa, preciso ir – falou Baby, olhando as horas no relógio. – Vou pegar meus parentes no aeroporto. Vejo você no crematório amanhã?"

- É! Talvez! Mas não há nada lá, você sabe!

- Claro! Acha que Mauro Jorge se deixaria virar cinzas?

- Conhecendo Mauro Jorge, é bem provável que resolva aparecer só para se divertir com a cara de todos.

Baby riu, deu-me um beijo no rosto e saiu se distanciando.

DOIS
O ponteiro do relógio não andou

Joel olhou para a enorme estrutura de madeira e notou que o ponteiro do relógio não havia andado, ou quase nada andando. Achou aquilo estranho, pois parecia ter passado já um bom tempo desde que refletira sobre a conversa com Baby. Olhou em volta, nada de novo e nada faltando. Sentiu sede e caminhou até a cozinha, passando pela enorme sala de jantar, depois dobrando à direita. Assim que Joel me viu ficou sem saber o que dizer, mesmo se tratando de um sonho no qual tudo pode acontecer. Antes mesmo que Joel pudesse iniciar algum tipo de pensamento a respeito, falei:

- Estou preparando uma salada com queijos com uma farta taça de vinho. Quanto vai querer, está com fome?

- Quem é você, afinal, como entrou aqui? Este é meu sonho! – exclamou.

- Lembre-se – falei –, não temos controle dos nossos sonhos. Mas pode me chamar de Dominus. Eu sou você mesmo, sem ego. Sou "Você" sem seu pequeno você. Sou você puro, sem aquela criação psicológica inventada pela sua mente, que lhe deu um nome e tudo o mais que possa justificar como sua vida humana. A pessoa que pensa que é, não é você. Eu sou Você. Sou tudo que você pode ser, nada mais. Você não é quem pensa que é. Venha, vamos saborear isso na sala.

- Se é de fato quem eu sou... então sabe muito bem que sei disso.

- Sim, claro. Sei tudo sobre você. Só estou confirmando em você o que sempre soube. Não é bom quando Algo vem e confirma o que achamos que é verdade? Dá uma sensação de bem-estar, vivacidade. É como ser olhado nos olhos pela Alma. Sei que sabe disso também. Mas como eu já disse, só estou confirmando.

Caminhamos até a sala, com Joel bem atrás de mim. Dava para sentir sua mente se movimentando rápido, conferindo, medindo, analisando, ávida por explicações lógicas. Eu sabia que Joel tinha consciência de que não era nem sua forma nem seu nome "Joel". No entanto, decidi experimentá-lo mais a fundo. Sentamos e começamos a comer...

- Ah! Ah! Ah! – exclamei –. Não pense! Deixe a comida ser engolida na presença da sua atenção, Aqui e Agora, ou seja, na presença Eu Sou. Pra isso, não pense, só esteja Aqui e Agora, intensamente, o quanto puder!

Ele bem que tentou, até conseguiu por alguns segundos, mas muito depressa sua atenção foi capturada pela mente. Provavelmente estava ansioso...

- Preciso fazer uma pergunta! – falou, olhando-me diretamente nos meus olhos.

É claro que eu sabia o que viria.

- Que dimensão é esta, na qual estou sonhando mas acordado dentro do meu próprio sonho? Pode confirmar isso? E por que os ponteiros do relógio permanecem parados, ou quase parados, parecendo que estão parados, talvez?

- Ahm! – sorri, descontraídamente, enquanto Joel permanecia sério, interessado –. Meu caro, você está me testando a fim de se certificar de que não sou um farsante, um falso eu interno, por assim dizer. Nenhum poder do mal, entidade, energia consegue permanecer ao lado, em cima, em baixo, dento, fora ou junto a um Ser em estado de presença. O ego não suporta o estado de presença.

- Talvez eu não confie o bastante em mim para sustentar um estado de presença por muito tempo.

- Apenas sinta a energia circundante a parir do seu estado de presença, e deixe o resto com a consciência.

Joel me fitou pensativo, mas nada disse.

- Muito bem, a partir do momento em que prestou atenção às badaladas do relógio, foi lançado a uma dimensão sem-tempo, nesta eternidade sem-tempo, Aqui e Agora! E nesta eternidade sem-tempo, é sempre Aqui e Agora, sem-tempo. E quanto à dimensão, quem se importa, não faz diferença alguma. Mas pode-se considerar em um núcleo do espírito na quinta dimensão...

- Mas...

- Eu-você-ser não se preocupa em entender, saber, apenas ser. É a única coisa que importa, acredite! Querer entender é um vício da mente, e a mente é uma energia da terceira dimensão. Aqui não se pode entender, apenas saber. É um saber sem pensamentos, só isso. Lembre-se: nada que possa pensar ou imaginar sobre quem você é, é você. O que pode ser conhecido, não é você. Você é Aquilo que conhece, que percebe, que é consciente, o Observador. Já descobriu? Sei que sabe do que estou falando.

- Sim, eu sei. O que eu não sabia é que posso ver a mim mesmo no meu sonho, como sou realmente. Claro, se de fato eu seja mesmo você.

- Lembre-se, não se trata de um sonho comum. Se você está aqui, é porque está pronto, não acha?

- Acho que sim. Não sei a medida de se estar pronto. Mas sei que sou consciência e que não sou o que acontece em mim, nem meus pensamentos, nem meus sentimentos, nem minhas emoções, sensações, nem meu corpo e tudo o mais que possa ser percebido como conteúdos acontecendo na minha consciência, na consciência que Eu Sou.

- Já é um grande passo, não acha? A maioria das pessoas ainda não despertou para o que elas verdadeiramente são. É fundamental saber discernir o que Se-É dos conteúdos que acontecem em nós, na consciência que somos. Tudo o que podemos ver, perceber, observar, sentir, não somos. Somos aquilo que percebe tudo isso, e, portanto, não pode ser percebido, porque não há mais nada por trás do Observador. Deus e o Observador são um só!

- Gostaria de retomar esse tema, Observador e observado, com mais profundidade mais tarde. No momento, me fale mais sobre esse núcleo da quinta dimensão, pode ser?

- Claro. Todas as vezes que salta para fora de sua mente, isto é, para fora dos seus pensamentos, você atinge uma dimensão superior à energia usada na terceira dimensão. Melhor dizendo, você é capturado pela energia da quarta dimensão, num primeiro momento. Depois, com o tempo, você passa aos poucos a dar rápidos mergulhos nessa energia mais elevada da quinta dimensão, até que finalmente é assimilado por ela integralmente.

- Uau.

"Para a energia da quinta dimensão, somente a energia elevada do seu coração poderá levá-lo até lá. Melhor dizendo, trazê-lo até aqui. Até então, é impossível".

"Quando esteve com Baby, por exemplo, estava sendo articulada uma energia de quarta dimensão".

- Quarta dimensão! Meu encontro com Baby se deu já algum tempo atrás, e se deu num presente que agora é passado...

- Que importância isso tem, nenhuma! Aqui não existe isso de passado, presente e futuro. Tudo está ocorrendo ao mesmo tempo. Você está nos três ao mesmo tempo. Na verdade, esses três existem juntos, Aqui e Agora. Mais profundamente, só existe Agora.

"Alma ou quinta dimensão, é uma dimensão do teu espírito. Teu espírito tem várias dimensões ou núcleos. A dimensão rarefeita do teu espírito é o Uno, que é você mesmo puro, uno com tudo e com todos, e sem todos os-vocês do ego, da personalidade, da individualidade humana. Em um nível mais profundo, o outro é sentido também como sendo você. Pode acreditar: é impossível se sentir só, se não estiver equivocado!".

"O 'você' personagem, ou boneco, ou nome-forma, simplesmente, é a melhor criação psicológica do ego. Tem tudo para parecer real. No entanto, é apenas um personagem sem vida própria, isto é, não existe por si só, por ser uma criação ilusória do ego, para dar a impressão de que ele existe. Só que não é real. O Espírito sem-tempo – eterno – é o Real".

"A fim de lhe dar uma imagem material, aquilo que chamamos de arco-íris não existe por si só. Sua curta existência, sempre que se forma, depende de fatores essenciais, umidade, oxigênio e luz do sol. Sem um desses fatores, ele deixa de existir. 'Arco-íris' é só um nome-forma que nasce e morre, como uma pessoa, uma planta, um animal. Somente a Vida – ou Ser, ou Deus – depende dela mesma".

"Noite e dia, frio e calor, alto e baixo, nascimento e morte, vida e vida!"

"Somente a vida não morre. Sem antônimos para ela. O que morre ou se dissolve é somente nosso conceito de vida e de corpo, ou seja, as formas que a Vida assume. A vida está condenada a ser vida para sempre!".

"Acordado, você só atinge a quarta e quinta dimensão através de disciplina, caridade e gratidão por tudo, inclusive pelas situações que sua mente considera ruins. Em sonho, porque sua alma tem essa inerência e está no controle".

"Em sono profundo, sua consciência toca o Ser e se revitaliza. O Ser injeta Luz – ou energia – para você poder suportar o dia seguinte. Sem isso, você morreria louco. E não importa agora como isso acontece. Deixe isso com a Ciência. Foque o que é vital!"

"Assim, Eu sou você – ou o que você é já na dimensão rarefeita do teu espírito. Algo novo ou só confirmando?".

- Só confirmando.

- Que bom sinal.

- Fala sério, Dominus, você é um anjo, não é? Ou então você é Deus me testando, aparecendo para mim "como" uma figura de homem? Você é o que, afinal? Vai, papo limpo, sem enrolação, Deus não mente!

- Ah! Cuidado com esses disparos, feitos de brincadeira, usando o vocábulo Deus! - exclamou Dominus. – Eles geram na consciência significados antropomórficos (isto porque Deus vem sendo ensinado e utilizado de maneira infantil através das eras, e esse gatilho automático precisa ser desligado na consciência), como a imagem de um Velho Sábio sentado em algum céu distante, dedo em riste para castigar. Ou um ser alado com um bonito par de asas.

- Gosto de asas – exclamou Joel, sorrindo –. Quanto maiores e mais vistosas, melhor!

- Asas são alegorias significando leveza, consciência elevada, intimidade com Deus, assim como para o poeta o amor pode ser traduzido como um luar límpido e esplêndido. Essas imagens são representações externas de uma convicção subjetiva, ou de uma fé interna. Da mesma forma, todas as alegorias empenhadas sobre Deus, céu, inferno, purgatório, são verdades como estados da Alma – realidades imensuráveis – representadas por alegorias. É impossível para a mente humana – linear, confinada – conceber o mistério como de fato ele é! Contente-se com as alegorias, procure entender seus significados reais, mas não acredite nas alegorias, são apenas fluxos mentais da inconsciência humana, isto é, pensamentos.

"No entanto, o caminho inevitável do espírito – consciente ou inconsciente – é ir em direção a Deus, isto é, em algum ponto além daquilo que conhecemos como dimensão".

"Jesus e São Francisco de Assis tinham seu Ser consciente na quinta dimensão".

"Seres contemporâneos que tinham acesso à quinta dimensão, como: São João da Cruz, Santa Teresa D'Avila, São Maximiliano Kolbe, São Padre Pio de Pietrelcina, Hamana Maharshi, Nisargadatta Maharaj, Papaji, Mahatma Gandhi, Chico Xavier, se articulavam na terceira dimensão com todos os sofrimentos e dificuldades normais de um ser humano, porém atuando atrás de um foco de quinta dimensão".

"Líderes espirituais, como Dalai Lama fazem isso com a maior naturalidade...".

"Professores espirituais hoje, como: Gangaji, Mooji, Eckhart Tolle, Adyashanti, Satyaprem, Prem Baba, Trigueirinho, Padma Samten, Marco Schultz e outros mais, atuam da mesma forma".

"O Papa Francisco também tem acesso à quinta dimensão. Veja o que ele fala em suas homilias, são palavras de seres que têm seu Ser consciente na quinta dimensão. Só que o Papa Francisco jamais admitiria tal coisa, porque a Santa Madre Igreja usa dogmas, expressões e palavras diferentes para designar santidade. Uma mesma essência para a diversidade de Deus. Lembre-se: Deus é abundância. Veja a quantidade de cores e flores e aromas e tudo o mais que se pode encontrar na natureza... Nos seus vários reinos".

"Enfim, só se tem acesso à energia da quinta dimensão através do poder da energia do coração, que é: amor incondicional, compaixão, caridade e gratidão por tudo".

"Próxima questão – falei, sorvendo um gole daquele maravilhoso vinho, aguardando que Joel se decidisse. Depois de uma rápida circunvolução mental, falou:".

- Tenho tido dificuldades em compartilhar certos ensinamentos com pessoas que me procuram. Por exemplo, como falar de modo claro e simples a diferença entre ego e ser... Entre os conteúdos que acontecem na consciência e a consciência que percebe os conteúdos... Entre estar presente e estar perdido em pensamentos?

- Ok, claro e simples! Ego é basicamente um padrão de pensamentos. E o que é esse padrão de pensamentos? Ele é existência em movimento. O que você pensa que é, esse nome-forma que lhe dá a ilusão de ser uma pessoa com todos os seus aspectos, é uma criação ilusória do ego a fim de encobrir a realidade. Mas que realidade é essa, afinal, que ele precisa tanto encobrir?

- A unidade!

- Claro! O ego detesta a ideia da unidade. A ideia de que não pode haver ser algum separado do Ser Deus é um veneno para o ego e ele sabe disso, pois o ego precisa da farsa da divisão, ele precisa desesperadamente dessa divisão para estar no controle e assim existir. Ego é diabólico: divisão! Ser é simbólico: união.

- E quanto à personalidade e ao temperamento?

- Sua personalidade foi formada por esse padrão de pensamentos que se repete sempre. Seu temperamento e seu modo de reagir a todas as situações, também. Seu ego tem sido responsável por suas escolhas. Porém, enquanto suas escolhas e modo de agir e reagir estiverem sob o controle do ego, você não é livre.

- Não sou, como assim, e o meu livre-arbítrio?

- Ninguém que não é livre, que está preso ao ego, consegue usar o livre-arbítrio. Livre-arbítrio é fazer as escolhas livre da interferência do ego. Se o seu ego, através dos seus pensamentos, lhe diz para fazer tal coisa de tal modo e você faz, você não está usando o livre-arbítrio. Se o seu ego lhe diz para crucificar Jesus e você aceita, você não está usando o livre-arbítrio – "Pai, perdoa a esses porque não sabem o que fazem". Se o seu ego lhe diz para explodir as Torres Gêmeas e você atende, você não está usando o livre-arbítrio. Se o ego de um grupo de homens ou mesmo de sociedades inteiras diz que o assassinato de mais de cem milhões de pessoas, apenas no século vinte, é aceitável, pois está dentro das projeções estabelecidas, eles não estão usando o livre-arbítrio. Esse falso livre-arbítrio pode estar com seus dias contados.

- Epa! É alguma profecia?

- A profecia muda se o que é preciso ser feito é feito. Mas se o homem não deixa espaço para que o Universo se expresse amorosamente, a profecia se cumpre. O que a humanidade dá ao Universo, é exatamente o que o Universo expressa. É a Lei!

- Colhe-se o que se planta...

Assim, o ego está sempre fazendo as escolhas por você através desse padrão de pensamentos. No entanto, ao mudar esse padrão, você muda seu modo de agir fazendo suas escolhas através do Ser.

- E como faço essa mudança objetivamente?

- Só confirmando?

- Só confirmando!

- Apenas retirando sua atenção dos pensamentos e colocando sua atenção no momento presente, Aqui e Agora. É difícil? Sim! Mas é simples! Não dê sua atenção aos pensamentos, dê sua atenção para a consciência, ou seja, ao que ela está percebendo Aqui e Agora. Desrespeite sua mente, sempre, sempre! Não acredite nos seus pensamentos, nunca, jamais! Jamais acredite no que você pensa. Acredite no que você vê, ou seja, no momento presente.

"Não vai tomar seu vinho? – falei, esperando um movimento de Joel"

- Não se preocupe, estou tomando – respondeu Joel, impassível. – Continue!

- Vou dar a você uma imagem material do ego. Tem um carro com vidros negros. Não dá para ver o motorista. Nem o próprio carro consegue ver o motorista. Mas há ali um motorista. Os vidros são tão densos que encobrem totalmente o motorista. O próprio carro começa a achar que ele é o próprio motorista, e sai por aí fazendo escolhas de ruas, avenidas... Outro carro tem seus vidros totalmente limpos e transparentes. Dá para ver muito bem que há um motorista. O próprio carro está consciente de que há um motorista para conduzi-lo e tomar as decisões certas. Muito bem, o carro que tem os vidros negros encobrindo o motorista representa o ego inconsciente. O carro com os vidros transparentes, que se deixa conduzir...

- O Ser consciente.

- Exato! O ego se torna um com o Ser sempre que está consciente – presente ao momento presente. Você se torna um com os seus pensamentos sempre que perde o momento presente, e perder o momento presente é estar perdido em pensamentos. Estar perdido em pensamentos é diferente de estar consciente que está pensando sobre algo.

- Você tem confirmado em mim esse saber que sinto que sei – falou Joel.

"Tem um conto que diz que havia duas carruagens. A primeira tinha seu cocheiro amarrado, impedido de tomar as rédeas. A segunda, o cocheiro era livre e tinha as rédeas ao seu alcance. Tanto em uma quanto em outra, o cocheiro representa o Ser. Em qual delas se sentiria seguro para atravessar o precipício?"

"Veja que interessante. Você está num barco navegando por um rio sinuoso. Curva atrás de curva, de modo que não pode prever o que está depois de cada uma delas. No entanto, acima de você, há alguém em um balão que tem a visão do todo no mesmo espaço de tempo. Ele sabe perfeitamente o que tem depois de cada curva. Ele grita: 'Deixe-me guiá-lo! Deixe-me guiá-lo!' Mas você não está escutando, está temeroso pelo que pode estar escondido atrás de cada curva".

Silêncio.

- Ta legal. Mente, ego, mundo são palavras que significam a mesma coisa. A mente é como uma piscina constantemente vazia aguardando para ser preenchida. Sempre esperando por água. Sempre implorando por chuva. A mente está sempre insatisfeita! Sempre desejando algo! Sempre querendo mais! Sempre ansiosa por mudar algo! Sempre questionando tudo! Sempre julgando! Sempre criticando! Sempre se achando dona da verdade! Sempre se depreciando ou se superestimando! Sempre se comparando ao outro, tentando estabelecer uma autoestima aceitável! Sempre... sempre... sempre... é uma vida de inferno, não acha?

Joel meneou a cabeça, apenas.

- Medo, insegurança, amargura, angústias e ressentimentos a níveis muito profundos. Geralmente as pessoas não sabem que sofrem por se tornarem unas com os pensamentos, condicionadas às sugestões mentais, emocionais, corporais. É realmente uma vida vivida no inferno, pelo menos para aquelas que já experimentaram alguns vislumbres da vida de ser e não suportam mais o atual condicionamento.

- Não suportam mais, é isso mesmo?

- Sim! É preciso Despertar e estar disposto a renascer e a reencarnar a cada dia nesse corpo, tão logo acorde pela manhã, através do qual você experimenta a existência fugaz, porque ela passa muito rápido! É preciso parar de defender uma ilusão criada pelo ego, como um jogo de esconde-esconde, no qual o ego é tanto quem procura como quem está escondido. Pois a pessoa que você pensa que é não existe, porque tudo que existe e é real está no presente – Aqui e Agora –, não vive no passado nem no futuro, não tem nome nem forma, é invisível. É espírito consciente ou consciência mesmo.

"Está acompanhando? – falei".

- Sim, claro. Continue – apressou-se Joel.

- Você mesmo pode constatar agora essa realidade. Você pode dizer quem você é "como pessoa humana" sem usar o pensamento ou a imaginação?

- Não, não posso!

- Você precisa do pensamento e da imaginação para descrever sua pessoa humana. No entanto, você não pode saber quem de fato você é enquanto Verdade, Consciência, Luz, Espírito, Ser, usando o pensamento ou a imaginação. Porque nada que possa pensar ou imaginar é Você! Não pense, mas descubra observando o Agora. Mas não o que acontece no Agora, mas o Agora em si mesmo, isto é, o espaço onde tudo acontece, e vai ver que o que acontece ocorre nesse espaço de consciência que é você. Apenas dê sua atenção para a consciência, e no tempo certo saberá quem você de fato É! Não foi Jesus quem ensinou: "Eu e o Pai somos um [porque o Pai está imerso na sua própria criação]". Assim, não é a sua vida que você vive e experimenta, mas a vida Dele, a vida que é Deus, porque não existe uma vida humana pessoal para ser vivida. Só existe uma única Vida, a vida que é Deus, ou qualquer outro nome que queira dar.

Silêncio.

- É verdade – exclamou Joel – Voltou a ficar em silêncio, depois falou: – Me confirme alguma coisa sobre a Experiência Direta.

- Depois de uma Experiência Direta, qualquer um pode constatar a verdade de que só Deus basta, ou qualquer outro vocábulo que se queira usar ao invés de "Deus": Eu Superior, Pai-Mãe, Eu Supremo... Mas você tem a experiência direta de que você realmente não é quem você pensava que era, ou seja, você é muito mais do que um nome, um corpo, um desejo, documentos, profissão, filho, pai...

Achei que Joel fosse falar alguma coisa, pois havia feito um movimento estranho com o olhar. Mas não, ficou em silêncio e continuei.

- Você realmente entende que todas essas coisas não passam de substratos para passar o tempo, até que consiga Despertar! E despertar é ter a Verdade consciente na Sua consciência. Isso é libertador! Você passa a ter o olhar dicotômico de quem Você é do que acontece em Você. Todos os conteúdos da existência acontecem em você, em quem você é. Mas não são você. Você é um Você sem você podre, sem sua miséria humana, sem nenhum fedor, sem sua "lepra" nojenta, hipócrita, mentirosa, dissimulada, carente... Assim: você pensa, mas não é mais o seu pensamento; você fala, mas não é mais a sua palavra; você deseja, mas não é mais o seu desejo; você age e não é mais a sua ação. Você está fora do carma, pois saltou para fora de sua mente. Isto é libertador!

Olhei para Joel e ele estava olhando através de mim.

- Hei! – exclamei.

- Não se preocupe, estou ouvindo – respondeu, ainda olhando através de mim.

- Pensar o bem, desejar o bem, falar o bem e fazer o bem. Só isso! E por quê? Porque todas as vezes que pensamos, desejamos, falamos ou agimos, estamos colocando a existência em movimento. E dessa forma entregamos ao Universo nosso pacote de realizações. O Universo concebe que é isso que desejamos ver realizado em nossas vidas e se movimenta para que isso seja expresso. Isso é entendido também como o retorno de suas próprias emanações geradas. Não se trata nem de castigo nem de prêmio, pois o Universo age como a Lei da gravidade age: um vaso de barro ou de porcelana chinesa, jogado para o alto, retorna e se espatifa no chão. A gravidade não faz distinção. Nem prêmio nem castigo, apenas que é assim. Então você constata na profundidade do Ser o que Jesus sabia e estava tentando ensinar: a Verdade!

"A verdade, em sua infinitude e profundidade, abrange também um VOCÊ sem você e Um EU sem mim! Um ELE sem ele. Um ELA sem ela. VOCÊ, EU, ELE, ELA, TODOS, tudo é UM. O que nasce e morre são nomes-formas. Nomes-formas acontecem em VOCÊ, em-MIM, em ELE, em ELA. Assim como sua mente acontece em VOCÊ, nem seu corpo, nem seus sentimentos, nem suas emoções, nem suas sensações são VOCÊ. São conteúdos ocorrendo na Sua consciência, na consciência que É você. O que sobrou para você ser senão consciência, percepção? CONSCIÊNCIA: infinita, vazia, silenciosa, sem-forma. Não é a flor, mas o PERFUME. É o SER sem ego, sem personalidade, sem temperamento, sem autoestima, sem passado, sem futuro, nada. VOCÊ já é! Nada a conquistar, mudar, agregar. Talvez, no mundo, você ainda tenha que conquistar algumas coisas, mudar, melhorar. Mas em sua profundidade como Ser real, não! É Algo que você já é! É o UM como pano de fundo circundando tudo o que acontece em tudo: em VOCÊ, em-Mim, em ELE, em ELA. Somos todos UM! Mas mais do que conectados: somos o mesmo UM! O UM individualizado ou individualmente expresso, parecendo muitos de nós, de tudo. Parecendo, apenas".

"Seguindo... Os conteúdos que acontecem na consciência e a consciência que percebe os conteúdos. Diga-me uma única coisa que não acontece na consciência, no espaço de consciência que é você. Nenhuma! Tudo passa pela percepção da consciência para poder existir. Consciência é tudo o que você pode ser; nada mais".

- Nessa linha fica claro – observou Joel.

"Então, você é consciência e todo o resto ou toda a existência acontece em você, mas não é você, apenas acontece em você! Tudo! O seu nome acontece em você, o seu corpo acontece em você, seu pai e sua mãe acontecem em você, seus irmãos acontecem em você, seu filho acontece em você, sua profissão acontece em você; sua mente, seus pensamentos, suas dores, seus sentimentos, suas sensações e emoções acontecem em você! Tudo, mas tudo o que acontece na experiência da sua vida inteira acontece em você. E você não é nenhuma dessas coisas!".

- Bem mais claro agora. Por favor, continue!

"Essas coisas não definem quem você é. Eu Sou é você, o Ser real, o ser que não é influenciado nem pelos planetas nem pelas marés. O ser que não pode ser modificado de sua completude sem-tempo. O Ser que não pode ser descrito nem pelo pensamento nem pela imaginação. Então, você não é o que acontece em você, você é a consciência que percebe o que acontece em você, e o que acontece em você não é parte essencial de você, é impermanência ou movimento da existência fugaz. Você é real e eterno!".

- Eu acho que deu legal.

- Qual foi mesmo outra coisa? – perguntei.

- Deixar claro a diferença entre estar presente e estar perdido em pensamentos.

- Certo. Você pode sentir medo se estiver cara a cara em uma floresta com um tigre selvagem faminto. É perfeitamente aceitável e natural. O que não é aceitável e nem natural, é você sentir o medo antecipado, o medo de quando estiver cara a cara com o tigre, ou sentir o medo antecipado caso você venha um dia estar cara a cara com o animal...

"Quando estamos perdidos em pensamentos, estamos tensos, confusos, com medo. Com medo! O medo é nada mais nada menos que um pensamento que você aceita como sua realidade. É estar perdido em pensamentos! E estar perdido em pensamentos exige futuro ou passado. Nenhuma presença e muito futuro ou muito passado. Presença é real, futuro é uma possibilidade, apenas, e passado não existe mais".

- Mas pode ser evitado.

- Sim. Para quebrar isso, atuamos ao contrário: muito estado de presença e nenhum futuro, nenhum passado. O estado de presença exige apenas presença, estar ali presente: sentindo as reações no corpo, percebendo a brisa tocando suave o rosto, ouvindo os sons que surgem do vazio e retornam ao vazio, olhando a vida em suas infinitas e variadas formas, todas as formas que a vida assume.

"E andando pela avenida mais movimentada do mundo, esteja ali, presente: perceba o trânsito lento ou rápido, os barulhos diversos, as pessoas, se estão apressadas e tensas, perdidas em pensamentos, ou se estão presentes ali, tranquilas, despojadas da mente, presentes Aqui e Agora. Perceba!".

- Entendo.

- Estar presente é isso, eu estou Aqui e Agora, e estou consciente que estou Aqui e Agora. Não estou aceitando nenhum pensamento, estou Aqui e Agora. O importante é como fazer, presente! Não o que fazer!

Silêncio.

- Por exemplo, em que estado de presença vou reservar uma passagem no voo de amanhã? Em que estado de presença vou atender ao telefone assim que a pedagoga da escola do meu filho ligar e marcar uma entrevista para a semana que vem? Em que estado de presença vou estar na fila do banco aguardando minha vez de falar com a atendente? Em que estado "é como" fazer!

"Se estou presente, sou livre! Se estou aceitando os pensamentos, sou escravo do estado egoico da mente que me faz sugestões de dor, medo, confusão, insegurança...".

- Há uma abundância de ideias sobre o Despertar – falou Joel. – Resuma em poucas palavras o que é "Despertar"!

- Despertar é fazer as pazes com sua mente, é desmascarar a falsa autoridade do ego e de seu padrão de pensamentos. Simplesmente, é não acreditar neles outra vez.

- Iluminação!

- Iluminação é saber quem ou o que você é! Lembre-se: nada que possa pensar ou imaginar pode ser realmente VOCÊ... – Parei e olhei para Joel. O moço estava muito estranho, como se tivesse acabado de engolir uma mariposa.

- O que foi? – perguntei.

- Que luz é essa... Olhe... Parece uma figura feminina atrás dela... Mas que luz é essa? E o que está acontecendo comigo... Olhe...

- Calma. Não resista.

- Mas, olhe...

Nos sonhos, tudo pode acontecer. Podemos sentir frio, sentir medo. Podemos esquiar na neve sem roupa ou caminhar no deserto, e por um milésimo não morremos de sede. Parecem mesmo reais... Tão reais como estar acordado.

Vou contar exatamente o que ocorreu com Joel nessa luz. Joel foi lentamente puxado para cima em posição diagonal, exatamente como se tivesse boiando em uma piscina nem bem na horizontal nem bem na vertical, mas diagonalmente. Seu rosto e parte da cabeça foram içados para dentro da luz, enquanto o resto do corpo permaneceu suspenso no ar, pendendo para baixo. Joel ficou – lá – nessa posição aproximadamente oito minutos no tempo cronológico. Nesse tempo, não dava para notar nenhuma reação de Joel. Nem prazer, nem dor, nem medo, nada, apenas estava lá, abandonado.

Durante esses oito minutos, um tipo de comunicação se estabeleceu ali. Não era verbal, e sim telepático, ou algo assim. Era mais um saber se transmitindo. De fato havia uma figura feminina por trás da luz que era a própria luz. Luz e figura perfaziam uma fusão se estabelecendo em uma única substância: Luz!

Não vou revelar o conteúdo dessa sincronia inesperada, vou deixar ao próprio andamento a prerrogativa de revelar adequando-se aos fatos do momento.

Tudo que devo adiantar se resume a uma data: 2022.

2022 é a data revelada no diário de Mauro Jorge. Segundo esse diário, O Diário Proibido, seria o ano do iminente fenômeno conhecido como afunilamento.

Eu pergunto. Seria isso verdade? Estaria Joel sendo preparado para atuar como mediador entre as forças involutivas e a Luz? E o que seriam as forças involutivas (além de egos humanos justificando os meios para se atingir o fim desejado), a mídia, talvez? E é o papel da mídia, pender para o explicável, como é o da Ciência pender para o que se pode medir. Absolutamente correto. No entanto, a mídia pode perfeitamente ser usada de boa-fé pelas forças involutivas, por saber que precisa ser neutra e, paradoxalmente, combativa. Claro, estou tratando de especulações.

Passado os oito minutos, Joel foi depositado deitado no sofá. Olhos abertos, serenos. Nem precisava perguntar: Joel não desejava ser incomodado. Tudo o que jamais queria era deixar de sentir aquela sensação. Ansiava por ficar ali, só, em silêncio, sentindo para ao resto da vida.

TRÊS
O diário proibido de Mauro Jorge

Joel deixara o êxtase e notou que Dominus, Eu mesmo, não estava ali, expressando-me fora de sua consciência. Olhou para os ponteiros do relógio e o estado sem-tempo permanecia igual, sem movimento algum. E pensou: "É tão libertador esse sem-tempo. É um vazio macio, silencioso, vivo, espaçoso. Se conseguir me instalar nisso acordado, minha busca terminou". Olhou para o diário e sentiu um forte impulso em pegá-lo. Pegou. Abriu em uma página qualquer e tinha lá o título "A Prática do Ho'oponopono".

Mauro Jorge viajava muito pela América do Sul e por toda a América Latina, compartilhando palestras, curando, juntando psicanálise com espiritualidade... Divulgando as visões tanto do "Atacama" (a Força que deixou o Himalaia e viaja agora para a América do Sul) como do "Afunilamento" (o processo de desertificação humana aos que resistem à mudança de consciência), coletadas de grupos do mundo todo... Ensinando a prática do ho'oponopono – SIGNIFICA: TORNAR CERTO OU CORRIGIR O ERRO DENTRO DA PRÓPRIA CONSCIÊNCIA PELA DIVINDADE.

Essa prática consiste em limpar lembranças dolorosas, condicionamentos e ideias errôneas que geram sofrimentos na vida do ser humano. As curas são físicas, emocionais e espirituais...

Depois de um longo período de entrevistas e práticas, observando o trabalho com os colaboradores do Dr. Hew Len, indo e vindo, indo e vindo do Havaí, Mauro Jorge chegou à conclusão de que a prática podia ser compartilhada e estimulada conscientemente por ele também para quem se dispusesse aprender. Ele se empenhara demais nisso.

São quatro palavras chaves: Sinto muito. Me perdoe. Te amo. Sou grato. Quatro palavras que podem ser ditas de qualquer ordem. Mas ditas a quem? Ao Ser real, ao Divino criador, a Deus... Ou à sua Criança interior, seu próprio subconsciente. E qual o seu significado? Ao usá-las, você estará limpando em você e liberando no outro os resíduos cármicos de memórias, ideias errôneas, condicionamentos, seus e no outro, simultaneamente. Como assim, no outro? Porque o outro e você são um só, um só Ser. Quando você diz conscientemente "sinto muito", está reconhecendo o erro como ilusão e se entrega ao poder da Divindade para libertá-lo desse falso poder. Ao dizer "me perdoe" significa que tem consciência do seu arrependimento e deseja ser libertado. Ao expressar com profundo amor "te amo", você tem consciência desse amor pelo Ser em você e no outro. E ao dizer "sou grato", você reconhece que a liberação tomou o seu devido lugar, você sente e sabe realmente que é grato por tudo. Por tudo!

Ao sentir o sofrimento em você, você diz ao Ser: sinto muito, me perdoe, te amo, sou grato. É correto dizer também às memórias dolorosas quando elas surgem que você é grato pela oportunidade de liberá-las, dizendo, te amo, te amo, te amo... Se o sofrimento ou erro for de rejeição, raiva ou medo por uma pessoa, por exemplo, você diz ao Ser: sinto muito, me perdoe, te amo, sou grato. Você estará curando em você o erro, estará libertando a pessoa de você, dos seus sentimentos negativos, e, ao mesmo tempo, libertando você da pessoa, liberando você desses sentimentos negativos.

É o seu interno que se manifesta como toda e qualquer experiência na sua vida. Ao presenciar o sofrimento no outro, você também diz: sinto muito, me perdoe, te amo, sou grato. Todo o sofrimento que você presencia no outro, tem que ser liberado em você primeiro. Toda a sua experiência fora está dentro de você, seja sofrimento ou prazer. Cada pessoa é seu próprio referencial para a liberação nela e no outro. O que eu detecto no outro está em mim. É na minha consciência que eu tenho que enfrentar o erro, a ilusão, as sugestões enganosas da mente, não em nenhum outro lugar. Somos um só Ser parecendo muitos. Somos muitos enquanto formas que a vida assume, mas um só Ser, um só Espírito, uma só Vida, como pano de fundo por trás de toda a vida. Estamos mais do que conectados, somos o mesmo.

Mauro Jorge gostava muito de contar uma história sobre uma mulher dominada pela negatividade, não aceitava a espiritualidade nem a existência de Deus. Achava que a vida terminava mesmo no túmulo. Dizia que uma lápide era tudo que a aguardava. Reclamava de tudo, gerava conflitos com tudo e com todos. Criava sofrimentos para ela própria e para as pessoas ao seu redor. Era um demônio esperneando no próprio inferno. Depois de muito debilitada pelo câncer, e sem forças para resistir às suas acirradas opiniões, resolveu finalmente se entregar ao que ela chamava de Invisível Que Pode Ser. Poucos meses depois, estava liberta não só de suas memórias dolorosas, condicionamentos e ideias errôneas sobre ela própria e os demais, mas liberta de um câncer que a corroia subtraindo-lhe a vida. Tornou-se depois mais uma das incentivadoras conscientes da prática do método ho'oponopono...

Limpar, limpar, limpar deveria ser hoje a primeira preocupação dos seres humanos. Quero dizer com limpar, não apenas limpar, mas uma abrangência sem precedentes: descobrir quem é Você e onde está Deus nessa!

Joel virou mais algumas folhas e parou. Estava escrito: Deserto do Atacama. Chile. Ponto Zero. Força Máxima. Diâmetro 8 km. A Força deixou o Himalaia e está retornando...

Quando a China invadiu o Tibete em 1950, emplacando um exército aproximadamente de quarenta mil soldados em Lhassa, capital do Tibete, matando e expulsando os monges mais resistentes, dando início a uma espécie de êxodo no qual o Dalai Lama ainda bastante jovem é obrigado a fugir e se exilar na Índia, a Força havia já iniciado seu movimento de retorno à América do Sul. Deste, então, mais de cem mil tibetanos se encontram refugiados pelo mundo, divulgando a substância da Força inserida na sua antropologia. A Força é um ciclo que se repete a cada vinte e seis mil anos. Até onde é possível compreender, um dia a Força deixou a Atlântida e progressivamente se instalou no Himalaia. Agora a Força deixa o Himalaia e se instala no Chile, singularmente no deserto do Atacama... – e leu: "anotação feita em 14 de junho". Mas não diz o ano, pensou. Deixou de lado a ideia do ano e continuou a ler:

Mas o que é essa "força", afinal? O que ela representa? E por que ela existe? Bem, a Força é a energia espiritual do Planeta ou sua consciência. Ela representa a ordem em que o Planeta se estabeleceu como funcionalidade. Ela existe para sustentar e orientar o Planeta na sua longa evolução. Mas por que é assim? Ora, porque é esta a Lei do nosso Planeta e porque é assim que o Universo deseja...

Durante os vinte e seis mil anos em que a Força estava centrada no Himalaia, tudo que exigisse criatividade, sabedoria ou realização surgia do Oriente. A China pode explorar essa Força através de sua inventibilidade mecânica: o papel, a pólvora, a primeira calculadora feita de bambu, a seda, a bússola, os tipos móveis de impressão, o macarrão, o garfo, o papel-moeda, o sino, a sericicultura, o sismógrafo, os fogos de artifício, a escova de dente... A Índia, apenas para dizer o mínimo, revelou uma infindável fila de mestres espirituais, traduzindo ensinamentos profundos dos mais variados, o mais conhecido deles, talvez, o Bhagavad Gita. E de sobra: o Buda – o precursor de tudo o que se sabe hoje sobre o fim do sofrimento. E mais para frente, revelou Jesus, o Cristo, como a Verdade inquestionável. Jesus foi a transparência para a voz de Deus, revelando-se de acordo com os costumes da época e do local.

A Força muda drasticamente as condições do Planeta cada vez que ela se dispõe em direção a outro continente. Cada vinte e seis mil anos tudo se transforma no Planeta, tudo muda no mundo, o mundo inteiro se transforma... Os valores serão outros.

Já é possível notar as revoluções se insurgindo no mundo todo, principalmente as que vão se seguir agora em quase todo Oriente Médio e Ásia, um feito jamais imaginado antes. Serão vistos protestos violentos por todo o Globo terrestre. O ser humano estará cada vez mais descontrolado, ou controlado pelo ego. As autoridades se sentirão sem o referencial de organização diante do caos estabelecido. No entanto, a sociedade do mundo fará pressão incansável sobre as autoridades para ajustarem as Leis ao novo modelo de comportamento. Mas o que afinal estarão buscando com tanta secura? Estarão buscando, fora (um novo governo, um novo sistema político, um novo modelo econômico...), algo deles mesmos que só pode ser encontrado dentro: o Amor incondicional ou Deus – isto é, Liberdade!

Com essa nova formação da Força, agora na América do Sul, será desse continente que surgirão os novos mestres espirituais, novos ensinamentos da mesma verdade, uma nova maneira de revelar a substância primordial da Vida...

Para o Ocidente e para o mundo, espiritualmente falando, foi fundamental a saída do Dalai Lama do Tibete e trazer para todo o Ocidente sua ética, sua visão profunda, sua capacidade afiada de investigar profundamente a verdade do Ser e, depois, compartilhar isso com o mundo de maneiras diversas...

Se não havia a intenção no jovem Dalai Lama vir nessa direção, foi obrigado por uma situação que lhe entregou o Ocidente. Se em José não havia o desígnio consciente de seguir para as terras do Egito, foi vendido como escravo pelos seus irmãos. A substância da Força respingaria no Egito como solução para os sete anos de desolação, era lá que José tinha que estar. A Força se movimentava agora do Oriente para o Ocidente, era aqui que o Dalai Lama também deveria estar: lá e cá... Deus é infinito em sua sabedoria, e consegue tirar o bem primordial de todo e qualquer equívoco impetrado pelo aspecto humano. O Deus de que eu falo (eu, Mauro Jorge a 28 de setembro) está imerso na sua própria condição divina manifestada, as infinitas e variadas formas que Deus ou Vida assume.

Resolvi aparecer...

- Finalmente resolveu aparecer – falou Joel, com um tom de graça.

- Estava dando uma "planadinha" pelo Atacama – falei.

- Ah, sei! Então me viu aqui mexendo no diário.

- Não dá para virar para o outro lado. Todos os lados são o mesmo lado – falei.

- O que acha que vai acontecer? – perguntou Joel.

- Tudo e nada!

-Como assim, ou uma coisa ou outra.

- Tudo no ser superficialmente. Nada no Ser em um nível profundo. Tudo e nada!

- Explique isso, sim?

- Explicar ou confirmar?

- "Explicar", por favor.

- Como eu disse, não dá para virar para o outro lado. Lá vamos nós no âmago outra vez. Não ligue para o que possa acontecer ao aspecto humano. É apenas um corpo recheado com personalidade, temperamento e outras coisas mais. Que importa o que vai acontecer a uma estrutura de ossos encapada com pele e lubrificada por sangue?

- Explicar isso a algumas pessoas vai ser difícil, eu diria impossível!

- Claro que para a mente isso não é razoável, é um absurdo. Só estou dizendo dessa forma, que parece desprezível, cruel, em comparação ao que realmente importa na imortalidade do Ser. Não quero dizer com isso que devemos desprezar o corpo, muito pelo contrário, devemos amá-lo e cuidá-lo. Porém, um dia, o desfazer da forma, vai acontecer de qualquer jeito!

- Dito assim parece bem melhor.

Mas a vida que é você continua eternamente. Mas não é um "indo" sem fim. Mas um estado de Alma sem-tempo. Então, nada que venha acontecer à espécie humana tem realmente importância. O Ser real jamais será atingido.

- Acontece que as pessoas pensam que são o que veem no espelho, e é isso que vão tentar proteger.

- O salto quântico da consciência não tem a finalidade de proteger o que as pessoas veem no espelho, nem de melhorar o aspecto humano ou ego. Nem de uma nova ideologia, nem de uma nova tecnologia, nem de um novo sistema político e tampouco econômico. Mas iniciar a mudança para um novo rumo da consciência. E é esse novo rumo da consciência que redefinirá a ordem do novo mundo, que pode ser feito agora individualmente. Não é necessário nem de bom senso esperar por ninguém.

- Você está falando da "vinda" individual do Cristo na consciência?

- Claro! Será, então, a partir de dentro que se reconstruirá fora. A estrutura humana não tem a menor importância nisso tudo, embora ela seja uma das melhores ferramentas que o Espírito tem à sua disposição.

- Continue.

Caso a espécie humana venha a desaparecer, e isso pode ocorrer se ela não evoluir, outra estrutura será criada em função do propósito do Universo. Nenhuma espécie que deixou de evoluir sobreviveu. Por que seria diferente com a espécie humana, é só mais uma das tantas espécies para o Universo.

- Isso sem dúvida será um problema, explicar a urgência dessa abertura da consciência.

- Mas o que está obrigando você a explicar?

- Não sei... Não sei, exatamente.

- É bom refletir sobre isso. Se desconfiar que é o ego, desista! Ele pode estar tentando uma entrada pelos fundos.

Joel ficou pensativo, chateado, talvez. Eu sabia que Joel desejava realmente ajudar a humanidade despertar, mas precisava fazer isso da perspectiva do Ser, não debaixo de um ego-bonzinho. Continuei:

- Assim como o ego fez parte da evolução humana e não está funcionando mais, o salto de sua transcendência está sendo pressionado pelo Universo para que a espécie humana (sem ego, agora, a partir da transição, mas plena do conhecimento) possa continuar em frente.

- Isso pode ocorrer, talvez não, não é?

- Tudo tem que ser encarado como "possível". Então, seja o que for que está para acontecer, não vai acontecer de uma só vez. Trata-se de um período que pode levar um ano, dez anos ou cem anos. Eu não sinto que possa levar cem anos, é uma pista.

- Talvez entre um e dez, seria razoável para aceitar.

- A Força que já se instalou no deserto do Atacama está diretamente relacionada com o afunilamento descrito nesse diário. Isso é certo. A única questão é que a mente tem interpretado através das eras tudo que é estranho a ela como "algo mal". Nada é mal, nada é bom. As coisas são como são sem a interferência da mente. Não são como deveriam ser com a interferência dela. Ela cria o chamado problema. Não existe problema, somente o movimento da existência se esbarrando, acontecendo e se resolvendo.

- E se explicando, também, eu acho.

- Preste bem atenção: o Ser já é evoluído em seu cerne fundamental, apenas precisa reconhecer de modo profundo e definitivo que Ele já é. Esse é o salto quântico que a consciência terá que dar. Não como uma compreensão intelectual, mas mergulhado na experiência direta em quem ele É!

- É difícil.

- Difícil não quer dizer que não seja simples. É simples! Descarte toda distração, foque no que é vital! Esqueça o passado e solte o futuro. Fique Aqui e Agora, foque no que é vital! Dê sua atenção inteira para a sua consciência, ela lhe dirá o que fazer. Acredite, ela lhe dirá o que fazer. Continue desempenhando suas tarefas no cotidiano de sua vida, mas isso Aqui e Agora, não preso ao passado e agarrado ao futuro. Solte, solte tudo e se aferre à sua consciência. Lembre-se: Deus é consciência individual. Vida expressa individualmente. O Uno na multiplicidade!

Joel permaneceu um tempo calado, algo circulava em sua mente espremendo o foco em um pensamento, como uma cidade sitiada pelo inimigo. Continuou assim por mais algum tempo, até que finalmente se decidiu:

- Estou preso nesse sonho? –perguntou.

- Tão preso quanto a maioria dos seres humanos está presa sonhando acordada o sonho de sua existência.

- Explique isso, sim?

- Quando alguém está sonhando, tudo é tão real quanto o sonho de se estar acordado e inconsciente do que realmente é. A existência funciona da mesma forma que o sonho, tudo acontece e não é real, mas parece real.

- Espera um pouco, clareia isso para que eu possa ser claro ao explicar: "Quando alguém está sonhando, tudo é tão real quanto o sonho de se estar acordado".

- Toda a existência é um sonho. O silêncio é tudo o que existe. Superficialmente, tudo acontece. Em um nível profundo real, nada acontece.

- Não, não, não. Isso não dá assim...

- O pensamento é que dá movimento à existência criada como sua experiência para fazer você pensar que é real, e pensamento não é realidade, mas intenção de uma realidade. A realidade não escapa do instante momento do presente, o Aqui e o Agora, a realidade é ESSE instante! A realidade é única e acontece a cada instante, é sempre este Agora modificado transformando-se a cada instante. Como a maioria dos seres deste Planeta vive perdida em pensamentos, tirando seu referencial e derivando seu ser dessas sugestões mentais, para efeito de explicar o fenômeno é certo dizer que elas estão sonhando suas próprias sugestões mentais e acreditando que são reais, ao invés de viverem fora da mente o Aqui e o Agora, a única coisa que é real, pois acontece sem o esforço ou a interferência do pensamento. Pensamento é carma. Carma é repetição.

- Você disse que o pensamento é que dá movimento a existência, e pensamento não é realidade, mas intenção de uma realidade. Os animais não pensam. O que então está criando a experiência em que vivem?

- Você é responsável pela existência que aparece como sua experiência. Os animais não pensam, pelo menos não o suficiente para gerar uma experiência na existência. Eles vivem a realidade instalada a cada instante. A existência deles é uma vontade do Universo.

Fiz uma pausa e notei que Joel se mostrava insatisfeito.

- Continuando... Durante o sonho, a pessoa sente frio, sente dor, tem todos os sintomas que se tem quando está acordada passando pelas experiências da existência. Estar acordada em pensamentos é estar sonhando ou pirando, ou alucinando em suas invenções mentais. O universo de cada pessoa não é feito de coisas materiais como uma mesa, por exemplo. Não. Ele é feito de substâncias emocionais, sentimentos, sensações. Então, cada pessoa é seu próprio universo particular, desenhado de acordo com sintomas selecionados.

- Como assim, selecionados?

- De acordo com cada pensamento que você aceita inconscientemente como sendo a sua realidade. Existe uma combinação de pensamentos aceitos que formam um universo particular de alegria. Existe uma combinação de pensamentos aceitos que formam um universo particular de dor e sofrimento. Um universo para o ressentimento. Um universo para o uso do assassinato. Enfim, seu universo vai depender da combinação de pensamentos aceitos por você. Tais pensamentos são infinitamente rápidos e inconscientes.

- Mas se são infinitamente rápidos e inconscientes, não temos chance alguma de interferir na escolha dessas combinações, não é?

- De fato você tem toda razão no que diz respeito à maioria das pessoas neste planeta que aceita todo o tipo de distração, evitando com isso prestar atenção ao que é vital. Mas para aquelas que já estão despertando para a possibilidade de algo mais profundo do que o que elas vivem, as chances são bem reais.

- Algo me diz que o Universo tem um jeito.

- Sim, mas as pessoas não estão entendendo. O Universo está se revelando rápido, de muitas formas, de acordo com a urgência. Mas o que as pessoas estão fazendo? Nada! Continuam inconscientes dos mesmos velhos hábitos. Vamos dar uma volta por aí.

- Legal. Aonde vamos?

- Simplesmente, por aí.

- Vamos ver e falar sobre o quê?

- Tudo, qualquer coisa. Vamos observar não só os egos dos seres humanos, mas observá-los perdidos em pensamentos e, depois, observar outros em estado de presença. Você vai se ver na diferença "de ser" com seus próprios olhos.

- Mais alguma coisa que eu deveria saber antes?

- Talvez. Vamos observar a importância de ser ninguém!

- Você está falando sobre parar de defender o ego?

- Sim.

- Legal. Só tem uma coisa: vamos sair da dimensão do sonho para a realidade tridimensional?

- Não. Tudo será feito nesta dimensão. E pare de obedecer sua mente com essa mania de querer entender tudo. A mente não entende nada, ela é cega. Entenda a mente como uma ferramenta, uma excepcional ferramenta, apenas.

Saímos pelo interior do sonho de Joel suspensos há alguns metros de altura. Víamos tudo de cima. Era como flanar sobre uma foto tirada por satélite. (Às vezes se tinha a impressão de que o que víamos estava na segunda dimensão achatada, e se pousássemos ao redor de qualquer daqueles seres, certamente se teria a impressão de que havíamos surgido do nada.).

Tudo é muito rápido. Um cenário se desfaz no outro. Um pensamento cria formas que se misturam e se substituem umas às outras...

Caminhávamos agora ao lado e por entre as pessoas em alguma avenida tumultuada em Barcelona, na Espanha. Todas as pessoas, sem exceção, caminhavam apressadas pensando e conversando consigo mesmas compulsivamente. Pareciam loucas e assustadas. Mas é o normal das pessoas hoje em todo o Planeta.

- Estamos enlouquecendo sem perceber, e achando tudo normal – falou Joel.

Não respondi nada, embora tivesse razão.

- Olhe aquele senhor – falei. – Fala ao celular e ao mesmo tempo diz repetidos "nãos" ao vendedor de bilhetes ou coisa assim e ajusta seu gesto em um "olá" sorridente a outro senhor bem vestido e novamente a um terceiro. Situações que se repetem o tempo todo, todos os dias, sem que aja qualquer evidência de se estar consciente.

- Todos estão agindo assim. Que loucura! – exclamou Joel.

- Porque todos estão perdidos em pensamentos, pelo fato de quererem existir – falei. – Se soubessem a verdade de que não existem, deixariam de sofrer.

- Vocês não existem. Só Deus existe, não insistam – gritou Joel, empolgado, em seu tom jovial de sempre.

- Sentem-se apertados na região do estômago. Tensos. Presos em uma armadilha da mente. E quando divergem, defendem suas opiniões até o fim. Defendem seus egos até o fim. Para terem razão, inventam argumentos que nem mesmo acreditam. Uma mentira, uma projeção, uma casca, o sonho do ego é a única coisa que podem defender!

- Até o bagaço!

- Mais ou menos isso. E quando discutem às vezes se matam. Vê aquela moça ali, o que acha que está fazendo?

- Bem... Ela fala sozinha.

- Sozinha?

- Quero dizer, com seus pensamentos.

- E o que são os pensamentos?

- Intenção de uma realidade, sem existir de fato realidade alguma!

- Exato! E o que isso representa?

- Loucura?... Inconsciência?... Sonho?

- Sonhar acordado! Ilusão! Cegueira! Inconsciência! Ignorar quem se é!

- Fale alguma coisa sobre "ignorar quem se é".

- Todas as vezes em que os seres humanos agem no mundo tentando ajustar as coisas do mundo do seu jeito – tendo que ser do meu jeito – estão inconscientes do que se é!

"Todos os ensinamentos, métodos ou cursos espirituais, suas indicações são sempre no sentido do Ser, jamais para solucionar as coisas do mundo".

"Buscai o Reino em primeiro lugar...".

"Não se pode solucionar as coisas do mundo porque são irreais para o Espírito. Conheça primeiro quem você de fato é e todos os seus problemas serão solucionados, simplesmente porque você verá diretamente a irrealidade deles".

- O que é aquilo – exclamou Joel.

- O que "são" você quer dizer. São seres que morreram Iluminados pelo profundo conhecimento de si mesmos.

Estávamos em uma floresta. A lua era cheia na copa das árvores. Em pé do lado esquerdo do campo de visão estava Walt Whitman e pouco mais à frente, sentado sobre um tronco de árvore na parte direita, estava Henry David Thoreau. Ralph Waldo Emerson surgiu do nada e falou alguma coisa aos dois, em seguida todos os três olharam na direção de Joel sem demonstrar nenhuma expectativa ou surpresa, depois se voltaram para o que faziam ali: pescavam.

Walt Whitman, poeta, ensaísta e jornalista norte-americano, nasceu em 1819 e morreu em 1892. Com sua maneira pouco convencional para a época de retratar a condição humana, simplificou a essência do homem e o elevou à sua unidade cósmica. A partir do lançamento do filme SOCIEDADE DOS POETAS MORTOS ficou ainda mais conhecido em todo o mundo por suas citações inseridas no roteiro.

Henry David Thoreau, 1817 – 1862, poeta, naturalista... mundialmente conhecido por seu livro WALDEN OU A VIDA NOS BOSQUES. Amante incondicional da natureza tem sua essência ambientalista expressa em frases como: "Quero dizer uma palavra em defesa do ambiente natural e da liberdade absoluta. Uma declaração extrema, pois já há muitos defensores da civilização". Ou esta, dita em WALDEN: "Tornei-me vizinho dos pássaros, não por ter aprisionado um, mas por ter me engaiolado perto deles". Leon Tolstói ficou encantado com o ensaio de A DESOBEDIÊNCIA CIVIL e o recomendou a um jovem conhecido por Mahatma Gandhi. Ninguém duvida que as ideias de Thoreau tiverem influência decisiva nas escolhas pelas quais Gandhi teve que fazer. Depois, toda uma geração de jovens poetas, a geração beat bem como a geração hippie foi largamente influenciada por esse pioneiro além do seu tempo chamado Thoreau.

Ralph Waldo Emerson, 1803 – 1882. Filósofo, poeta e posteriormente ministro religioso. A transcendência do pequeno "eu" superficial para o "Eu" profundo, estabelecido em uma unidade comum a toda raça humana, sempre foi para Emerson o ponto crucial de sua vida e trajetória. É dele a frase amplamente conhecida "Não há conhecimento que não seja poder". É dele também a expressão "sobrealma", que significa estar despojado de qualquer sentido egoico de separação.

- O que eles fazem aqui? – perguntou Joel.

- Já lhe disse antes, o sonho é seu, mas você não tem controle. Por que não aproveita e pergunta alguma coisa a eles? (Meu Deus... uma oportunidade rara desperdiçada)

- Senhor Whitman, por que sua família insiste tanto que faça as pazes com Deus antes de sua morte?

- Não sei. É problema deles. Nunca tive problemas com Deus!

- E o senhor, seu Thoreau, o que vai fazer assim que suas economias acabarem? Vai voltar dar aulas, suponho?

Thoreau parecia não acreditar. Olhou bem para Joel como se fosse lhe dar um chega-pra-lá, mas, em seguida, mudou sua fisionomia para um desdém, somente.

- Não sei! – exclamou Thoreau e voltou-se.

- Meu jovem – falou Emerson vindo em sua direção –, o que quer tanto saber com essa ânsia desajeitada que espanta nossos peixes?

- Desculpe. Sua ideia de que os dados de Deus estão sempre chumbados...

- O que acha que eu quis dizer?

- Que não se pode ganhar nunca de Deus.

- Fico feliz que entendeu tudo – falou Emerson e se afastou.

- Que perguntas são essas?

- Não havia exatamente o que perguntar, mas tinha essas curiosidades comigo. Aonde foram? Sumiram!

- Essa sua mente que deseja entender tudo, os mínimos detalhes do desperdício, acabou gerando neles uma utopia aflitiva.

- Uau... "utopia aflitiva"... Inventou isso?

- Sim e não!

- Acho que entendo o que quer dizer com "utopia aflitiva", alguma coisa com excesso de pensamento sem nenhum planejamento ou ação alguma. Mas posso também não saber achando que sei. Deixa pra lá!

Ficamos um tempo em silêncio percebendo tudo no interior daquela floresta, iluminados pela lua cheia. Havia guaxinins aos montões, aves de todos os tipos, répteis, animais peçonhentos, um tipo estranho de onça...

- Olhe para os animais e me diga o que vê? Ou melhor, o que não vê!

- Eu vejo os animais. Não vejo o que não vejo!

- Veja como eles são o que são. Veja como se deixam ser ninguém.

- Ah! entendi... Eu não vejo as máscaras, porque eles são como são.

- Exato! Diferente dos humanos, não?

- Muito.

O sonho rodou e fomos para a cratera de um vulcão.

- Mas o que estamos fazendo aqui, na beira desse inferno? – falou Joel.

- Lindo.

- Sim, lindo... Mas quente pra burro. Minha bunda parece que vai assar!

O sonho novamente rodou.

QUATRO
O Despertar de Mauro Jorge

Joel sentiu vontade de verificar se o relógio estava mesmo funcionando, mas se deteve por um instante. Podia-se ouvir o ruído metálico das engrenagens trabalhando. "Como pode um relógio funcionar no sem-tempo", pensou. Era parte de um mistério. Joel sempre fora obcecado pelo mistério. No entanto, aprendera que: ou o Mistério se revela a você ou então você ainda não está pronto pra ele. Diante disso, aquietou-se aceitando o mistério.

Colocou de volta sua atenção no diário e, subitamente, a imagem de Mauro Jorge sobre o dia que lhe contara sobre o seu despertar sublimava seu pensamento.

Joel aguardava na sala de espera no consultório na Vila Madalena. Assim que Mauro Jorge se despediu de um antigo paciente, fechou a porta e disse a Joel: "Vamos sair. Tenho um lugar que quero que conheça".

Desceram até a garagem, entraram no Land Rover para montanha de Mauro Jorge e partiram deixando a cidade de São Paulo para trás.

Seguiam já pela Anhanguera cortando caminho para Jarinu. Havia um sítio bastante afastado da cidade. Era simples, mas muito bem equipado com cuidado. Havia uma espécie de casa sede e várias outras menores parecendo bangalôs acomodados em um pequeno bosque. Era um local para práticas espirituais em que os praticantes se hospedam com todo o conforto por alguns dias.

Subiram uma pequena colina e se sentaram sobre um platô de pedra. Fazia um silêncio indescritível. Uma brisa suave não parava de massagear suas epidermes – não parecia sonho, parecia real. Esse é o jogo, fazer parecer real.

Subitamente, um som veio do alto e conflitou aquele instante vazio, macio e profundo como um céu inteiramente anil...

...Olhamos e notamos uma rota para aviões supersônicos compartilhando um rastro de querosene queimado, levemente solto no espaço.

- Muito bem – falou Mario Jorge, enquanto eu ainda contemplava os fios brancos do querosene queimado. – Exatamente aqui tive meu mais importante insight para o meu despertar. Foi como um rasgo súbito no céu. Mas, vamos lá do começo...

"Eu já fui como você, como tantos outros – continuou Mario Jorge. Havia nele uma expressão que eu jamais tivera a chance de ter reparado. Era mais um despojamento de alma do que qualquer outra coisa que se pudesse medir com a mente. Era um perceber apenas, sem querer entender 'seu como e seu por que'".

– Eu buscava dia e noite no meu inferno a paz prometida – descrevia Mauro Jorge, suplantado por uma emoção empenhada, decidida –, conseguida por aqueles que encerraram suas buscas – e parou um instante...

"Mas não é um conseguir – prosseguiu –, porque você já é! E não é um processo, mas no tempo cronológico é como se fosse. Você não consegue essa coisa, essa coisa acontece em você. Aí você descobre que jamais precisou de tempo, jamais foi de fato um processo. Ela já estava inteira e formada como Você. Como seu Ser! Era só uma questão de reconhecimento do que já era, do que sempre foi e sempre será! Daquele Ser imóvel que nunca vem e nunca vai, está sempre Aqui e Agora, eternamente".

- Então – falei – é uma questão de reconhecer o que se já é, não de fazer alguma coisa ou transformar alguma coisa?

- Exato, meu amigo, exato!

"Parecia uma busca sem fim, muitas vezes no início sem nenhum sentido. Uma vez e outra tinha uma certeza falsa de ser um desperdício.

Felizmente a dor imensa na minha alma não me deixava desistir. Mais do que isso, ela me fez entender que era a minha única saída. E de fato era! É para todos, sem exceção, a única saída" – parou e olhou para mim, apenas olhou aqueles segundos.

"Mas cada um só vai perceber isso à medida que seu sofrimento ou sua dor dilacerante, ou total falta de sentido, se tornar insuportável. Sem esperança na desolação, abandonei-me no ser Deus"...

"Confiando plenamente sem nada a que me apegar, foi um salto no escuro do alto do abismo, porque não tinha outra saída nem expectativa alguma sobre o homem nem sobre suas coisas do mundo. O veneno que se torna remédio. O amargo que se torna doce. O medo e a raiva que se tornam amor. O amor que se torna incondicional".

"Foram inúmeros pequenos despertares antes que eu chegasse ao vasto Despertar. Foi preciso um processo para eu entender realmente que não há um processo. Foi preciso algum tempo para eu entender que não é necessário tempo. O Ser já é Aqui e Agora. Aqui e Agora é o único 'lugar' onde o ser que É pode ser. O que foge do Aqui e do Agora ou se distrai, mas depois volta para o Aqui e o Agora, que é onde sua realidade existe de fato, é sua atenção. Fora da sua atenção, tudo parece se mover aleatoriamente. Dentro da sua atenção, somente a consciência é que está se movendo. É a Sua Consciência que se move ao mesmo tempo em todas as direções como nomes-formas. E fora o mover-se de sua atenção, nada se move do Aqui e do Agora, somente sua atenção é que escapa. Entender isso de uma maneira mais profunda do que o superficial movimento do intelecto já é um importante despertar. Despertar para essa possibilidade é também outro pequeno despertar. Despertar é tudo o que importa realmente. É tudo o que viemos fazer aqui neste lindo Planeta. Tudo o mais são ilusões da existência com data marcada para se dissolver: seu corpo, suas emoções, seus sentimentos, seus pensamentos, sua família, sua função social no mundo. Tudo que você juntou e catalogou como sendo você ou sua situação de vida será espalhado e dissolvido. Tudo, sem exceção. Apenas o verdadeiro Você, o Ser, continuará existindo num eterno Aqui Agora, sem tempo".

"Entenda isso: essencialmente existe apenas uma Única Consciência; mas tão logo ela Se expressa na existência, tão logo Se derrama 'como' a multiplicidade, parecendo muitos! É bem parecido com o Sol se individualizando nos seus raios".

Mauro Jorge parou um instante e assim aproveitei a deixa.

- Não sabia que existissem vários pequenos despertares, assim dessa maneira, antes de se atingir o vasto Despertar.

- É claro! – exclamou Mauro Jorge. – Não se pode conceber tudo de um só despejo divino. Assim que dei meu primeiro "AH-AH! ENTENDI!", achei que fosse tudo o que importasse. Mas, não! Depois de uma semana o "ah-ah! entendi!" foi se desfazendo até sumir. O que realmente importa, e não retorna mais, é a tonelada de consciência egoica queimada que desaparece deixando o ser mais leve... Livre para avançar mais, outra vez.

Mauro Jorge olhou novamente por um instante para o céu, como se contemplasse algo que puxasse sua atenção, e, em seguida, retoma o assunto.

- Quero que experimente algo! – exclamou.

- Como quiser – falei.

- Está bem confortável nessa posição?

Eu estava sentado com as pernas cruzadas, como os índios fumavam o cachimbo da paz.

- Claro! – falei.

- Então, ótimo! Quero que note sua respiração por alguns segundos. Veja e sinta como ela acontece sem esforço. Sem a sua participação.

Eu estava ali existindo sem nenhum esforço. Minha vida era controlada por algo maior. Não havia como não ver isso.

- Agora olhe atentamente para seu interior e me diga o que vê! Mas sem o uso do pensamento e sem o uso da imaginação. Apenas diga o que vê!

- Não vejo nada; ou melhor, vejo um vazio... Um espaço silencioso, sem imagem, apenas uma vastidão silenciosa.

- É isso mesmo. É isso o que você é essencialmente. Espaço, sem nenhum pensamento na forma de conceito ou ideia definindo quem você é. Sua mente jamais conseguirá dizer quem realmente você é! O que pode ser conhecido ou explicado, não é você. Você é o Observador que conhece, e não há outro anterior ao Observador que possa conhecer o Observador. O Observador conhece o Eu Sou, a Consciência que está consciente. Volte a prestar a atenção na respiração! Depois perceba como seu corpo está reagindo. Sinta a temperatura do clima em você. Em seguida, sinta como suas emoções estão se expressando. Depois se abra para ficar confortável com o momento presente. Vou dar um passeio por aí, volto daqui uns quarenta minutos. Quando achar que é o suficiente, conte cinco tempos e abra os olhos.

- E faço o que depois?

- Não faça, seja! E não espere, porque não existe espera, somente Agora! Sempre Agora!

Percebi que Mauro Jorge se afastava naturalmente bem devagar, seguindo para leste onde havia uma plantação de milho-verde a qual pude notá-la ainda da estrada. Talvez ele fosse pegar algumas espigas para cozermos mais tarde. Há tempos não colocava um milho desses na boca, aquele cheiro característico de frescor de tarde depois da chuva. Rapidamente me livrei desse pensamento prestando a atenção nos sons ao meu redor...

Lá pelas cinco e tanto da tarde, fui acordado por Mauro Jorge que me cutucava com certa insistência. Havia dormido sobre o platô depois de realizado a prática que ele havia me pedido.

- Vamos descer até a casa – falou Mauro Jorge. – Tem lá à nossa espera uma panela cheia de milho novo cozido que dona Antonia preparou. Gosta de milho cozido?

- Adoro! – exclamei. – Tem cheiro de infância.

- Tem cheiro de sítio-do-picapau-amarelo!

- Ah, é, tem mesmo! Quem é Coiote Negro?

- Ele te procurou?

- Não sei, acho que tive uma espécie de visão ou algo assim.

- É uma lenda para o pessoal supersticioso, porém sua energia é real! Dizem que é homem das três e um da madrugada até às três da tarde. Depois se transforma num coiote negro, que vai das três e um da tarde até às três da madrugada. Sucessivamente.

- Em minha visão eu o vi como um coiote, absolutamente negro. Alguém já o viu como um homem?

- Claro! Todos que tocam o ponto.

Ponto! Mas que ponto?

- O ponto que está sempre Aqui, sempre pronto! Fique tranquilo, se teve sua visão ele vai procurá-lo, sem dúvida alguma. E vai ser logo.

- Logo, quando?

- Logo! Mantenha o foco, entendeu?

- Como pode ter certeza?

- Não tenho!

- Você não me disse como ele é como um homem.

- Como ele se parece, você quer dizer? Com um velho Xamã, é isso o que ele é. Um Xamã! Uma mescla tibetana-chilena de um velho índio. É o que parece!

- Sei.

- Fique atento ao que ele lhe disser e lhe mostrar. Certamente vai levá-lo ao Deserto do Atacama, no Chile. Não deixe de sentir a Força que transmigrou do Himalaia para lá. Essa Força vai mudar tudo no mundo. Não há mais tempo a perder! Vamos, a panela nos espera.

Cegamos a casa e lá estava ela, a panela sobre o fogão a lenha repleta de milho novo cozido. Comemos tudo e deixamos o lugar por volta das oito horas da noite.

Voltei dirigindo o Land Rover enquanto Mauro Jorge roncava no banco de trás. São Paulo já estava à vista e Coiote Negro não saía da minha cabeça. Acho até que tentou me fazer companhia, no banco do carona, brincando no dial do rádio vez e outra.

CINCO
O crematório de Mauro Jorge

Não havia jeito, o ponteiro das horas continuava pousado na mesma posição. Ao olhar para o diário, notou escrito em uma de suas páginas: "Estou voltando pra Casa, quero todos nessa celebração". Assinado: Mauro Jorge.

Imediatamente Joel se lembrou do dia do crematório.

Havia pouquíssima gente. Amigos íntimos e familiares. Alguns místicos, alguns pacientes chapados de tranquilizantes e antidepressivos, um e outro alcoolizado já pela manhã. Mas todos tinham que imaginar Mauro Jorge pela última vez. Nada havia o que os deixasse de fora.

Nisso, um pensamento passou pela mente de Joel, era a frase de Mooji que tanto era usada por Mauro Jorge: "Sentimos que estamos voltando para Casa; na verdade, somos a Casa, e a mente está voltando. Essa é a experiência".

A brevidade do corpo (forma) e do nome (identificação) nos faz pensar por que passamos por aqui. É tão rápido! Qual o sentido? Pra quê? Certamente não foi, além de comermos, fazer sexo e defecarmos, sofrer, crescer, escolher uma profissão, casar, ter filhos, trabalhar duro para sustentar a família e seus desejos de consumo, depois dormirmos para fazer tudo de novo no dia seguinte, anos e anos atrás de uma aposentadoria. Não! É claro que não seria só isso! Seria absurdo demais, mesmo para uma mente racionada às mesmices, sem sequer perguntar uma única vez na vida "O que eu sou? O que vim fazer aqui de fato?".

Na verdade profunda do Ser, nem se vem nem se vai. Se é já o imóvel e imutável expandido ao infinito. Já se está lá, aqui, ali, em todas as direções. Não há distância, é mais fino que o ar. Sim! Não há distância para a Verdade, é mais fino que o ar, mais próximo, ou antes, que a respiração, e está atrás da retina olhando com olhos perfeitos, atrás do coração como luz, espaço, mansidão!

Portanto, a fundamental pergunta é: "O que eu sou?".

Mas o que eu já sei? Bom, sei que nada acontece a mim, mas EM mim! E tudo o que acontece EM mim, não sou eu! O trânsito acontece EM mim. O clima acontece EM mim. O sofrimento acontece EM mim. A dor acontece EM mim. O desejo acontece EM mim. A alegria acontece EM mim. E sei que sou consciente disso tudo. Então, o que restou para eu ser?

Eu sou meu corpo? Não!

Eu sou minha mente? Não!

Eu sou meus pensamentos? Não!

Eu sou minhas emoções? Não!

Eu sou minhas sensações? Não!

Isso tudo acontece EM mim! E sou consciente disso tudo! Então... O que restou para eu ser?

Consciência, Espírito, Ser!

Mas o que é Consciência ou Espírito ou Ser?

Com certeza não se trata de nenhuma entidade no sentido fenomenológico, muito menos algum tipo de fantasma!

Não se torna ou se conquista a Consciência. Se é Consciência! O passo é o reconhecimento do que se já é, e não algum tipo de fazer, de melhorar ou de mudar algo.

A consciência, além de ser um estado de Presença, é vazia porque nada retém. Ela não gruda ou adere a nada, apenas percebe. A Consciência é percepção. Pura percepção.

A Consciência é o espaço ou o lugar no qual tudo existe!

Vazio... Silêncio... Espaço... Vastidão... Presença... Ser... Deus... Um.

Só existe Um!

Só Um existe!

Só Ser existe!

Só Deus existe!

Só Vazio existe!
Só Silêncio existe!
Só Espaço existe!
Só Vastidão existe!
Só Presença existe!
Só Ser existe!
Só Deus existe!
Só Um existe!

Toda essa inquirição passava pela mente de Joel. Nisso, um vociferar exagerado deu início a um leve tumulto pouco mais à frente de onde Joel se encontrava. Ele se ajeitou por entre as cabeças e pode divisar uma conhecida da psicanálise que esbravejava no ar uma garrafinha de uísque. Foi uma espécie de discurso alcoólico ao mestre dos loucos que transitavam pelo consultório na Vila Madalena durante anos, anos, anos...

Havia despencado um vazio existencial, um buraco imenso e profundo, na rota dos pacientes de Mauro Jorge. Órfãos e sem rumo, agora, haviam que garimpar pela cidade de São Paulo um outro mais ou menos parecido com Mauro Jorge para ampará-los em suas vicissitudes mais urgentes, porém ilusórias, em um nível mais elevado do ser.

Passado a novidade do discurso, Joel voltou a refletir sobre a brevidade da permanência humana aqui:

"Assim – pensou – o que morre de fato não é a vida, mas o nosso conceito de vida aparecendo como corpo ou forma, acarretado de um nome. Porque a vida não morre, nem sequer ela tem um oposto, mas vamos ver:"

Frio, calor. Dia, noite. Nascimento, morte. Vida...

"Então estamos destinados a viver eternamente. Melhora isso, Joel – disse para si mesmo. Melhorando: estamos destinados a ser Vida eternamente. Joel, ainda dá para melhorar: Somos Vida sem-tempo, neste momento eterno transformando-se a cada instante. O Agora eterno!".

"Muito bem, Joel... É eu sou o cara!".

Ao sair de suas reflexões, Joel notou que o ritual acabara de terminar. Os familiares deixaram o local apressados por voltarem aos seus afazeres. Baby passou por ele e deu seu olá característico. Em poucos minutos, apenas pessoas de outras urnas ainda permaneciam por ali. Se Mauro Jorge esteve por aqui, pensou, não foi em um caixão!

"Dei uma boa olhada em redor e saí".

SEIS
A intimidade de Joel com Deus

Ele não sabia se aquelas imagens estavam ali desde o início. Tudo que sabia era que acabara de notá-las. Exatamente no centro, havia a imagem de Jesus apontando para o próprio coração. Ao seu lado direito, um São Miguel desferindo sua lança no rosto de um demônio negro, simbolizando a volúpia e a fraqueza das paixões humanas – o ego, aquele que deve diminuir para que Cristo cresça e reine como verdadeiro e único Ser. Olhou tudo bem devagar e se ajoelhou, e orou:

"Senhor, sou grato por tudo".

"Senhor! Meu Senhor e meu Deus, desperta em mim! O Senhor é minha luz e salvação. O Senhor é a proteção da minha vida; perante quem eu temerei?".

"Ao Senhor eu peço apenas uma coisa, e é só isso que eu desejo: habitar no santuário do Senhor por toda a minha vida, e de lá, dar conta das minhas tarefas, das chatices e exigências do mundo; e de lá, saborear a suavidade do senhor e contemplá-lo no seu templo".

"Sei que a bondade do Senhor hei de ver na terra dos viventes. Espera no Senhor e tem coragem, espera no Senhor, Joel".

"Deus é fiel. Mas o Senhor é fiel também através de mim, como eu. Faça de mim, Senhor, à sua vontade!'.

"Deus, desperta em mim! Desperta em mim! Desperta em mim!".

"Senhor, que a Verdade desperte em mim! Que a Alegria desperte em mim! Que a Paz desperte em mim! Que a Imortalidade desperte em mim! E que o Amor que ama incondicionalmente se agigante em mim!".

"Deus, meu Senhor! Que o Universo desperte em mim!".

"Que o amor incondicional desperte em mim!".

"Senhor, que Sua paz se agigante em mim!".

"Que sua Paz se agigante em mim!".

"Vem, Senhor! Vem, Senhor! Vem Espírito Santo com força e com poder! Vem Espírito Santo nos meus temores; nas minhas fraquezas, nas minhas ilusões, nas minhas fantasias!".

"Senhor, que Sua paz se agigante em mim!".

"Vem Espírito Santo na minha ansiedade, vem com força e poder na minha depressão; nas minhas angústias! Derrama sobre mim seu fogo abrasador e queima as minhas esperanças vãs! Vem, Senhor, e desliga em mim toda a ancestralidade pagã, corrompida, cruel, doentia! Termina em mim, Senhor, todo um passado de ignorância, soberba, arrogância! Senhor, Senhor, cura em mim toda ignorância!".

"Senhor, cura em mim a humanidade doentia, e derrama Seu reino na Terra inteira! Tudo o que eu mais desejo é ver o Seu reino despejado na Terra inteira, limpando e purificando minha humanidade!".

"Mas, Senhor, seja feita a sua vontade, jamais a minha, ou a de quem quer que seja. Amém!".

Ia já se levantando quando se lembrou:

"Ah, Senhor, ia me esquecendo. Já que o Senhor é Deus e Deus é onisciente, então o Senhor conhece Papaji. Papaji disse que precisamos retirar a dúvida da frase e repeti-la até que escorregue ao nosso coração e depois suba para o Ver: 'Eu vejo Deus! Eu vejo Deus! Eu vejo Deus...', porque Deus está imerso na criação, ou melhor, Deus é a sua própria criação. Então é por isso que não temos uma vida humana, pessoal, separada e à parte de Ti, porque se assim fosse o Senhor não poderia mantê-la, não é? Amém!".

Nisso, Joel começou a ser puxado para dentro, para o Ser. Era como um sono incontornável, impossível de resistir. Uma voz dizia: não resista! não resista!... E foi a última coisa que Joel ouviu.

SETE
O Coiote Negro

A sala estava estranha... Realmente muito estranha, observou Joel, tomado de um sexto sentido. Porém a hora era a mesma... A mesma de sempre! Achou que ainda dava para se ouvir o finalzinho quase imperceptível da segunda badalada. Notou que o ambiente se esfriara rapidamente, deixando no ar o rastro característico do ar quente dos pulmões contrastando com um frio que se esgueirava até os ossos. Algo de muito ruim está para acontecer, pensou Joel, antevendo que nada poderia mudar o que aconteceria ali. Um medo terrível e gélido subiu por sua espinha e se alojou no alto da cabeça. Suas orelhas estavam pegando fogo. Sua garganta seca ardia como lixa em uma ferida. Sentiu as batidas do coração se acelerem e chegarem a um nível que achou insuportável. Sentia tremores e vertigens. O peito se contraiu impedindo a passagem de ar. Achou que estivesse desmaiando quando levou a primeira mordida de coiote negro, rasgando a carne na barriga da perna, deixando dependurado o primeiro pedaço de carne. Joel gritou com uma dor dilacerante e já se preparava para saltar para fora do sofá quando uma segunda mordida foi desferida no braço esquerdo, pendendo assim um segundo pedaço. Sem conseguir deixar o sofá, tentou se defender com uma almofada, que imediatamente foi rasgada e arrancada de suas mãos e arremessada longe. Os gritos de Joel eram aterradores. O sangue jorrava em todas as direções. A dor parecia insuportável. Sentia que estava ficando cada vez mais fraco.

Olhou a quantidade de sangue e imediatamente soube que ia morrer. Sabia que iria morrer!

Coiote parou e se afastou um pouco.

- O que achou da dor? – perguntou coiote negro, em sua imponente forma animal.

- Estou perdendo muito sangue. Estou morrendo. O que quer de mim? O que fiz para merecer isso? Que merda de fim!

- Fim? Que fim? Você está acordado no seu próprio sonho! Como pode morrer?

- É! eu sei...

- Ninguém que não tenha buscado tanto como você tem buscado a Verdade, teria o mérito da dor.

- Mérito?

- Vai depender de você. Pode ser sua purificação! O que achou da dor?

- O que achei da dor?!

- Você me ouviu, o que achou da dor?

- Desesperadora! Estúpida! Terrível! Por que me fere assim?

- Você precisa entender!

- Entender o quê?

- Se está acordado no próprio sonho, significa que está sonhando. Então, por que mesmo assim ainda sente dor?

- Normal. Sentimos dor nos sonhos. Sofremos, choramos, sentimos sede e até vontade de ir ao banheiro. Fico admirado em ter que lhe falar isso! – falou Joel, em tom de sarcasmo.

- Não se preocupe comigo. O alvo aqui é você!

- Pelo amor de Deus, pare! Não me morda novamente!

- Vai depender se já aprendeu a lição.

- Que lição?

Coiote dá um latido, depois um rosnado sinalizando que vai atacá-lo.

- Calma! Calma! Calma! – exclama Joel, em tom de súplica. – Espera... Deixe ver se eu sei...

Coiote agora avança na direção de seu calcanhar esquerdo e desfere uma mordida de aviso.

- Ah!!! Ai, ai, ai – gritou Joel, arrancando depressa o sapato e, em seguida, a meia toda ensanguentada. – Maldito! Cão fedorento! Por que não acaba com isso de vez!

- Me diga a lição! – exclamou coiote.

- Não consigo pensar assim!

- Não pense, me diga a lição!

- Fiz mal a algumas pessoas no passado. Isso é errado. É contra as Leis de Deus. Isso eu já entendi há muito tempo.

- Já disse, não pense, apenas me diga a lição!

- Ta, ta, ta... É... Não pense... Não pense... Só um minuto, preciso me esvaziar de mim mesmo para poder saber...

- Bingo! Acabaram-se as mordidas. Mas vai levar um tempo ainda para parar de sangrar. Meu conselho é: "Deixe sangrar, tudo se ajeita".

- Então acertei?

- Como?! Disse mas não sabe o que disse?!

- Não, não! Eu sei, eu sei... Agora eu sei: "Preciso me esvaziar, apenas me esvaziar de mim mesmo!".

- Jesus disse "Negue-te a ti mesmo", não foi? O que ele quis dizer?

- Negue para você mesmo todas as ilusões e desejos do seu ego! Posso melhorar se fizer questão?

- Não! Não temos tempo! Venha comigo, vou lhe mostrar o que precisa saber!

Subitamente, o pano de fundo e o contesto do sonho de Joel se descortinam agora no Deserto do Atacama. Coiote Negro, ainda como coiote, viaja veloz o árido-alaranjado e descampado do Atacama, seguido bem de perto por Joel. Tomados de uma velocidade estonteante eles saltam por pequenos montes, desviam de rochas, sobem e descem por pequenas elevações, tudo mesmo numa velocidade realmente apaixonante. Nisso, novamente o sonho muda. Joel e Coiote Negro, agora na figura de um velho Xamã sustentando uma cabeleira longa e cinza, estão sentados em volta de uma fogueira. Silêncio. O velho Xamã medita de olhos fechados, seguido fielmente por Joel. A noite é fria e mantém um céu limpo, explodindo em estrelas, constelações, galáxias, universos...

1º Dia.

Ainda de olhos fechados, Coiote Negro faz uma pergunta ao discípulo Joel.

- Que dia é hoje?

Joel, sem se dar conta, responde espontaneamente.

- Quinta. Dia 17, eu acho.

- Não! – exclama Coiote Negro, já de posse de seu bastão, e então desfere várias vezes de modo violento golpes na cabeça e nos ombros de Joel.

- Hei! Para com isso, machuca! Veja! Você me sangrou de novo!

- Não! Não! Não! É Agora, entendeu? É Agora! É sempre Agora!

Silêncio.

2º Dia.

Coiote Negro lhe pede um favor.

- Que horas são?

- Não vem, não. Você não me pega mais.

- A hora você pode me dizer.

- A hora mesmo, de verdade?

- Sim, é.

- Não vou levar outras cacetadas dessas na minha cabeça?

- Já disse que não. Agora pode me dizer a hora?

- São 4 horas da manhã.

- Nunca se deixe enganar! – gritou o velho Xamã, novamente, aplicando-lhe outras tantas cacetadas em sua cabeça. – A hora é Agora! Entendeu? O dia é Agora! A hora é Agora! Nunca antes, nunca depois. Agora!

Silêncio.

3º Dia.

- Devo ter dormido de mau jeito – comenta o velho Xamã, mexendo as costas, torcendo o corpo para a esquerda, depois para a direita – e continuou. – Quando foi que acordei?

- Há umas duas horas.

O velho Xamã toma agora de seu chicote e chicoteia Joel até que ele desmaie. Joel dessa vez não reage e nem se protege, aceita o sofrimento do aprendizado.

- Maldito ego! Vou massacrá-lo! Vou esquartejá-lo! Vou triturá-lo! Maldito! – exclamava o velho Xamã, continuando a bater, a bater, a bater...

4º Dia.

- Encarou bem a sua dor!

- Antes de desmaiar ou depois? – perguntou Joel, com uma mistura de sorriso e sarcasmo.

- Teria preferido que a dor fosse feita na alma? Essa não é a resposta.

- Ninguém merece uma dor na alma! E a sua resposta é: é sempre no Agora que posso me lembrar de qualquer coisa.

- Bom.

- Só bom? Veja as marcas do chicote!

- Não é nada. São só feridas. E não são na alma.

- Já sei! Tudo passa, não é?

- Passa rápido se não for na alma!

Silêncio.

- Preciso que preste atenção – falou o velho Xamã, depois de um silêncio reflexivo. – Tenho que lhe falar da Força que transmigrou do Himalaia até este deserto. Tudo vai mudar no Planeta a partir de aqui. Muita coisa vai mudar na consciência humana. Pode entender isso?

- Sim – disse Joel, intensamente envolvido.

- Essa Força vem viajando através da rede energética do Planeta. Começou a deixar o Himalaia já tem algum tempo. Ela sabia de sua trajetória e não parou até se instalar bem aqui, no Atacama.

- O que é exatamente essa rede energética?

- Rede energética é só um nome, nada mais. Pense nessa energia como uma aranha que viaja sobre a teia que ela mesma teceu. É só uma imagem material. Isso tudo é irrelevante. Não se fixe nas palavras. Tudo que realmente existe e seu real significado está como pano de fundo amparando a existência. Emerge desse pano de fundo e volta para ele de alguma forma.

- Seria como respirar dentro do pulmão! – exclamou Joel. – Isto é, a Força e a rede são uma só, estudei sobre isso, elas têm a mesma substância e utilizam o mesmo espaço-tempo, mas não podem ser medidas como espaço-tempo, porque elas são na verdade sem-tempo.

- Por que você complica tanto com as palavras? Era só dizer: uma Realidade sem tempo.

- Desculpe, eu me empolguei.

- Bem... – O velho Xamã parou de repente, ficou ali reflexivo um tempo, depois voltou a falar. – Não... Vou dizer a você exatamente como disse ao seu amigo Jorginho (ele se referia ao Mauro Jorge). É assim... Você já deve ter lido em seu diário, sei que está com você.

- Está escrito: Deserto do Atacama. Chile. Ponto Zero. Força Máxima. Diâmetro 8 km. A Força deixou o Himalaia e está retornando...

- Isso. É assim:

"A China invadiu o Tibete em 1950. Instalou um exército de aproximadamente quarenta mil soldados em Lhassa. Lhassa é a capital do Tibete. Essa invasão matou e depois expulsou os monges que de alguma forma ainda resistiam, dando início a uma espécie de êxodo no qual o Dalai Lama ainda jovenzinho se viu obrigado fugir e se exilar na Índia. Em 1944 a Força começou a se desligar, reduzindo pouco a pouco seu campo de atuação e baixando consideravelmente seu nível de interferência. Em 1946, portanto, quatro anos antes dessa invasão, a Força havia já dado início ao movimento de retorno à América do Sul, deixando o Tibete vulnerável à crueldade humana. Desde, então, mais de cem mil tibetanos se encontram refugiados pelo mundo, divulgando a substância da Força inserida na sua cosmologia antropológica. A Força é um ciclo e ao mesmo tempo uma entidade energética que se repete a cada vinte e seis mil anos – algo assim. Até onde é possível compreender, um dia a Força deixou a Atlântida – uma probabilidade platônica que não podemos deixar de fora - e progressivamente se instalou no Himalaia. Agora a Força deixa o Himalaia e se instala no Chile, singularmente aqui, neste deserto, o Atacama...".

"Mas o que é essa "força", afinal? O que ela representa? E por que ela existe? Bem, a Força é a energia espiritual do Planeta ou sua consciência. Ela representa a ordem em que o Planeta se estabeleceu como funcionalidade. Ela existe para sustentar e orientar o Planeta na sua longa evolução. Mas por que é assim? Ora, porque é esta a Lei do nosso Planeta e porque é assim que o Universo deseja... Simplesmente é a sua natureza!".

"Durante os vinte e seis mil anos em que a Força estava centrada no Himalaia, tudo que exigisse criatividade, sabedoria ou realização surgia do Oriente. A China pode explorar essa Força através de sua inventibilidade mecânica: o papel, a pólvora, a primeira calculadora feita de bambu, a seda, a bússola, os tipos móveis de impressão, o macarrão, o garfo, o papel-moeda, o sino, a sericicultura, o sismógrafo, os fogos de artifício, a escova de dente... A Índia, apenas para dizer o mínimo, revelou uma infindável fila de mestres espirituais, traduzindo ensinamentos profundos dos mais variados, o mais conhecido deles, talvez, o Bhagavad Gita. E de sobra: o Buda – o precursor de tudo o que se sabe hoje sobre o fim do sofrimento. E mais para frente, revelou Jesus, o Cristo, como a Verdade incontornável. Jesus foi a transparência para a voz fluida de Deus, assim como a veia é para o sangue, revelando-se de acordo com os costumes da época e do local".

"A Força muda drasticamente as condições do Planeta cada vez que ela se dispõe em direção a outro continente. Cada vinte e seis mil anos tudo se transforma no Planeta, tudo muda no mundo, o mundo inteiro se transforma... A consciência se transforma. Os valores serão outros".

"Já é possível notar as revoluções se insurgindo no mundo todo, principalmente as que vão se seguir agora em quase todo Oriente Médio e Ásia, um feito jamais imaginado antes. E acha que a sociedade dos antigos parceiros russos está de fora? Pelo contrário! Serão vistos protestos violentos por todo o Globo terrestre. O ser humano estará cada vez mais descontrolado, ou controlado pelo ego. As autoridades se sentirão sem o referencial de organização diante do caos estabelecido. No entanto, a sociedade do mundo fará pressão incansável sobre as autoridades para ajustarem as Leis ao novo modelo de comportamento. Mas o que afinal estarão buscando com tanta secura? Estarão buscando fora (um novo governo, um novo sistema político, um novo modelo econômico...), algo deles mesmos que só pode ser encontrado dentro: o Amor incondicional ou Deus – isto é, Liberdade!'".

"Com essa nova formação da Força, agora na América do Sul, será desse continente que surgirão os novos mestres espirituais, novos ensinamentos da mesma verdade, uma nova maneira de revelar a substância primordial da Vida...".

"Para o Ocidente e para o mundo, espiritualmente falando, foi fundamental a saída do Dalai Lama do Tibete e trazer para todo o Ocidente sua ética, sua visão profunda, sua capacidade afiada de investigar profundamente a verdade do Ser e, depois, compartilhar isso com o mundo de maneiras diversas...".

"Se não havia a intenção no jovem Dalai Lama vir nessa direção, foi obrigado por uma situação que lhe entregou o Ocidente. Se em José não havia o desígnio consciente de seguir para as terras do Egito, foi vendido como escravo pelos seus irmãos. A substância da Força respingaria no Egito como solução para os sete anos de desolação, era lá que José tinha que estar. A Força se movimentava agora do Oriente para o Ocidente, era aqui que o

Dalai Lama também deveria estar: lá e cá... Deus é infinito em sua sabedoria, e consegue tirar o bem primordial de todo e qualquer equívoco impetrado pelo aspecto humano. O Deus de que eu falo está imerso na sua própria condição divina manifestada, as infinitas e variadas formas que Deus ou Vida assume. Deus é essa Força! Deus é você! Deus sou eu! Deus é aquele camundongo! Não as aparências, mas a Vida aparecendo e assumindo todas as formas!".

    - E...

    - Muito bem. Quando tudo começar a ficar meio bagunçado e fora de controle, a Força aumentará sua intensidade e frequência trazendo intensa pressão para a consciência humana, exigindo incondicionalmente a rendição do ego. A partir daí não importa mais o que quem fez o que no passado ou mesmo ontem. Tudo que será exigido é a rendição do ego, a submissão do aspecto humano ao Ser. Feito isso, é como se suas escolhas malditas, o seu errar o alvo (os pecados) nunca tivessem existido. Mas não pense que é fácil. A rendição do ego é a coisa mais difícil de ser feita, principalmente para pessoas que gostam e precisam desesperadamente estar sempre no controle de suas vidas. Não confiam no processo da vida! E os que não aceitarem essa rendição, serão os que entrarão sim no processo de desertificação, indo do aspecto mais grosseiro, que seriam os assassinos, os assaltantes, os corruptos, até o aspecto mais apurado, que seriam então os mentirosos, os desonestos, os de língua...

    Silêncio.

    - Mas a Força atuará sustentando um escudo contra as forças involutivas que estarão inquietas e prontas para aproveitarem qualquer brecha. Será uma batalha espiritual da qual o mundo nunca viu e jamais verá outra vez. Dessa vez, vai ser tudo ou nada! No entanto, o Amor sempre vence, sempre venceu, sempre vencerá. Mas haverá, sim, muito sangue, muito sofrimento, muita dificuldade nesse processo de evolução do Planeta e de sua humanidade.

    - Me fale sobre esse diâmetro de 8 km. Podemos ver o seu centro?

    - É óbvio que não pode ir lá sem primeiro estar vazio. Um pensamento, somente, uma pequena distração, e seria capturado e encapsulado no nada. É como estar dentro de um cristal, sem ter para aonde ir!

    - Pode me ensinar a praticar o Vazio de uma vez por todas?

- Por que você quer ir lá?

- Sinceramente, não sei!

O velho Xamã olhou para o lado. Havia uns roedores de formato estranho fuçando a certa distância um pequeno tufo de capim seco, e não eram nada amigáveis entre eles. A cada momento, um e outro levavam patadas na cara. De repente sumiram.

- Viu aquilo – perguntou o velho Xamã.

- Vi, pareciam roedores disputando alimento.

- Não era alimento que disputavam, e sim espaço.

- Espaço? Olha só ao redor. Tudo aqui é espaço. Por que haveriam de brigar por espaço?

- Simplesmente por que não sabem olhar. O espaço que eles percebem e disputam tem exatamente a largura dos seus bigodes, que é pouco maior que a largura de seus corpos. Eles só se arriscam em um buraco se os bigodes passarem. Assim não ficam presos.

- Interessante – falou Joel.

- Se você não aprender ser o Vazio, continuará como esses roedores.

- Pode me ensinar?

- Aqueles roedores lhe ensinaram alguma coisa já.

- Eu sei. Mas pode me ensinar?

- Já estou lhe ensinando. Feche os olhos... Agora ouça as batidas do seu coração... Coloque sua atenção na respiração...

- Já fiz isso milhões de vezes...

- Faça! Quem não conhece, obedece!

Silêncio.

- Perceba como está sentado... Perceba o clima... Perceba como o clima toca em você... Perceba como está se sentindo, alguma tensão, ansiedade... Deixe ir tudo que não presta... Tudo que não serve mais... Tudo que pertence à velha consciência... Deixe ir todas as coisas do ego – julgamentos, opiniões, defesas, culpas... (mas deixar ir a culpa não significa que está livre para trair ou ser desonesto, pelo contrário, muito pelo contrário)...

Silêncio.

- Agora deixe ser tudo o que é Agora... Não como você imaginou que seria, mas como é agora... Crie espaço e deixe ser tudo o que é... Não resista ao que é, seja bom ou desagradável... Procure sentir-se confortável com o que é o momento presente... Não importa como o momento presente esteja se apresentado, porque vai mudar... O que vem, vai... O que surge, desaparece... Só o Imutável permanece... Ele não vem e não vai... Está sempre aqui!...

Silêncio.

- O Imutável é vazio, silêncio, espaço... Nem branco nem colorido, é vazio... O vazio é a sua Consciência... O Ser que você realmente é... Como um pano de fundo no qual tudo está surgindo...

Silêncio.

- Fique no Vazio... Saiba o que é você... Se você souber o que é você e onde isso ocorre, todo o resto que surge – coisas, pessoas, situações, sentimentos, pensamentos e o corpo, fazem parte da Dança Cósmica, apenas isso, e não podem tocá-lo...

Silêncio.

- A Dança Cósmica é a dinâmica da Vida, é a maneira pela qual o Universo está se expressando, surgindo a cada instante renovado, sempre Aqui, sempre Agora! Não há Verdade no pensamento, só no Silêncio... Portanto, salta no precipício para fora da mente e vai aterrissar no Silêncio. Não outro caminho, só o Silêncio...

Silêncio.

- Ao pousar no Silêncio, Aqui-Agora, sua mente para... "Aqui" significa estado de Presença; "Agora" significa o lugar no qual tudo acontece. Sem esse Vazio, jamais poderá se aproximar do centro da Força. Salte para o Vazio e vai comigo pra lá...

Silêncio.

- Vou caminhar um pouco. Continue praticando. E lembre-se: aquele que não conhece, obedece!

Duas horas depois, Coiote Negro retorna e se depara com uma cena hilária. Joel dançava em volta da pequena fogueira e repetia diligentemente "AH-AH! ENTENDI! AH-AH! ENTENDI!". O velho Xamã assistiu a tudo em silêncio e só fez sua observação quando Joel o viu e parou.

- O senhor estava aí? Não vi que o senhor estava aí.

- Só uma coisa: sabe que esse "ah-ah" não vai salvar sua vida!

- Certamente que sei. Só estava me divertindo um pouco. Estou muito feliz!

- Apenas porque teve um vislumbre de bosta?

- De bosta? Não é de bosta! Eu entendi! Eu realmente entendi o Vazio!

- Vou dormir. Entender, somente, está longe de ser uma experiência direta. Volte a praticar! Vamos até lá assim que aquela constelação cruzar para o outro lado.

Duas da manhã, se eu estiver correto, pensou Joel.

- E lembre-se...

- Já sei, quem não conhece, obedece! – exclamou Joel, voltando a praticar.

Exatamente no horário previsto, Joel foi acordado por Coiote Negro.

- Levante, já está na hora.

Enquanto caminhavam, Joel olhava para cima e parecia que o céu estava desenhado especificamente para aquele acontecimento. Olhou para o outro lado e notou a tal constelação descansando luminosa no local indicado pelo velho Xamã.

- É logo ali – falou Coiote Negro. – Vou lhe falar agora sobre o diâmetro de 8 km. Está vendo uma rocha circundada por aqueles Xamãs. A rocha é o centro. A partir daqui, todo cuidado com os pensamentos é pouco.

"Do centro da rocha até 8 km em sua circunferência, tudo está preservado energeticamente por um manto invisível. A rocha, em seu centro, dispara ondas magnéticas da Força em círculos concêntricos que perdem sua eficácia ao ultrapassar 8 km. Quando o bicho começar a pegar no Planeta, tudo o que você está vendo não vai mais poder ser visto. Toda essa área aqui será apagada, isto é, separada energeticamente do resto do Planeta... Você viu?".

- Não, o quê?

- O bom sinal atravessou o céu!

- Aquele meteoritozinho?

- Nada! – exclamou Coiote e fez silêncio por um instante; depois retomou. – Tudo aqui já está consagrado ao plano evolutivo de Deus. As pessoas vão olhar e tudo o que vão ver serão crateras escuras como se tivessem sido feitas por meteoritos ao se chocarem com o local. Será apenas uma imagem material disfarçando o real. Ao chegarmos lá e fecharmos o círculo, poderá ver facilmente a imagem material que a Força vai apresentar. É só uma imagem material, uma alegoria por assim dizer, não será o que de fato é.

"Aquela rocha bruta e fosca, em sua imagem material, será substituída por um cristal puro, levemente azulado. Poderá ver, na imagem material, uma substância semelhante à luz descer verticalmente do Cosmos e penetrar o cristal. Em seguida, todos do círculo serão fundidos na mesma substância cristalina. Nossos corpos apresentarão a transparência do cristal e poderá enxergar tudo através deles. Tudo ficará fluido: nossos corpos, o local...".

- Eu também?

- Esse é o problema. Tem que estar disposto a arriscar sua permanência nesse seu corpo.

- Como assim?

- Se algo der errado com você, seu corpo será desintegrado!

- E...

- Nada de mal se você não estiver apegado a este Planeta!

- E...

- Você retorna ao que era antes desse corpo ter nascido. Entenda que seu corpo representa o desejo que desejou nascer. Não é o Ser que reencarna, mas o desejo, a neurose a qual você-ser expresso na existência está conectado, identificado profundamente. Somente o Despertar e a Iluminação desidentifica o Ser, você, da forma ilusória. Sem identificação, não há encarnação. É impossível nascer sem que exista no Universo o desejo que deseja nascer!

- Assim...

- A escolha é sua!

- Xamã... Eu sinto profundamente que fui preparado para este momento minha vida inteira. Tudo que passei desde que me entendo por gente, que tive que sofrer, que tive que vencer muitas vezes sem nenhum prazer, todas as dificuldades, tudo me trouxe até aqui. Não vou pular fora agora. É tudo ou nada, ou melhor, continuo com este corpo por mais algum tempo ou eu o perco daqui alguns minutos para sempre.

- Então já fez sua escolha!

- Completamente!

- Muito bem. Eu acho mesmo que você está pronto. Então preste atenção, assim que eu me aproximar do círculo e me sentar no banco de pedra, você se coloca atrás de mim mais ou menos uns dez metros. Sente na sua pedra e permaneça lá, aconteça o que acontecer. Bem entendido?

- Sem problemas, podemos ir?

- Como a garotada de hoje diz "demorô"!

- É "DEMORÔ"!

Andaram o resto do percurso em silêncio. No local determinado, havia sete Xamãs concentrados em torno do círculo, cada um em seu banco de pedra. Coiote Negro se aproximou, olhou para trás para Joel, depois se voltou para o círculo, fez uma reverência e sentou. Passados alguns minutos, tudo se iluminou cristalizado. Nisso, um feixe de substância luminosa rasga o espaço de céu acima de suas cabeças e desce verticalmente e penetra a rocha, exatamente como Coiote Negro havia desenhado.

Não sei precisar quanto tempo havia se passado, porque sendo eu o Ser real de Joel, no instante em que foi capturado no sem-tempo, sua mente parou e não houve mais espacialidade psicológica na abordagem da mente, ou seja, tudo se colapsou restando apenas o silêncio vazio, vacuidade, apenas Eu sem nenhum processo de pensamento.

E foi nesse exato momento em que o eu de Joel começou a desaparecer. A pessoa que ele sempre acreditou que era nunca havia existido realmente, não passava de pensamento, conceito, argumentos gerado pelo ego para parecer real. A pessoa que ele achava que era: corpo, nome, personalidade, não passava de estorinhas que a mente lhe contava, semelhante às estorinhas que sua mente lhe fala sobre uma pessoa, uma situação, e, mais a frente, você constata que tudo não passou de imaginação disfarçada de verdade, a qual você podia jurar que era verdade.

- Meu Senhor... Meu Deus... Algo em mim está desaparecendo... Parece uma viagem de LSD... A pessoa que eu achava que era está desaparecendo... Essa pessoa nunca existiu de fato, foi sempre uma criação psicológica do ego, para parecer verdade... O ego está perdendo a força... Não tem mais energia para sustentar a fraude... Óóó! Senhor! é tão libertador... Sou grato, Senhor... Por tudo!

Mais um tempo se passou e Joel continuava desaparecido do mundo, incomunicável. Nenhuma abordagem que eu pudesse tentar surtia algum resultado. Claro, eu sabia por intuição o que estava se passando, apenas que não havia mais nenhum pulso de simbiose, somente vacuidade...

Silêncio...

- Hei! Pode me ouvir?

- Sim – respondeu Joel, baixinho, sussurrado, como se tivesse voltando de um coma.

- Calma! Não tenha pressa. Em poucos momentos você sentirá que tudo foi normalizado.

- Algo mudou dentro de mim... Sinto-me expandido, imensamente grande.

- Eu sei, não fale agora.

- Nada nesse mundo exigente e míope pode ser comparado à Verdade que se abriu dentro de mim. E que paz! Meu Deus, queeeeeeee pazzzzzzzzzzzzzz!

- É indescritível, não é?

- É "DEMORÔ"... Eu vi algo... Eu vi algo, Coiote Negro... Será uma época confusa e de muita dificuldade para a humanidade... Só porque ela resiste em abandonar o ego na trama do Universo... 2022... Apareceu em número que pareciam ser a quantidade de ossos amontoados em uma pira gigantesca, no centro de uma praça, e uma espécie de carrasco empunhava uma tocha e deixava claro que havia sido ele que incendiara os ossos.

- 2022 é a data que consta no diário de Mauro Jorge, que fala dobre o processo de desertificação da humanidade resistente – alertou Coiote Negro.

- Isso faz algum sentido? – perguntou Joel, ainda sob os efeitos.

Coiote Negro sorri, em seguida acrescenta:

- Não para a mente humana! – exclamou.

- Xamã! O que faço com essa visão?

- Você saberá como utilizá-la no devido tempo. Aceita uma dica?

- É toda bem-vinda!

- Se organize globalmente. Você trabalha com comércio exterior e tem contatos com pessoas no mundo todo. Reúna essas pessoas e implantem um sistema de redes de UCEs interligadas, e disparem material de orientação de fácil acesso. Mas não sobre o que vai acontecer à geologia do Planeta, porque ninguém sabe exatamente o que vai acontecer...

"Além do mais, mudanças geológicas sempre aconteceram de tempos em tempos. O Planeta já passou por várias Eras do Gelo e por várias Eras do Fogo. Estamos saindo agora da última Era do Gelo, finalzinho, e vamos entrar na Era do Fogo novamente...".

"É lógico que o Planeta vai aquecer, ainda mais com tanta destruição. Mas o que de mais fundamental deverá ocorrer, e sobre isso não tenho dúvidas, será a transformação total da Consciência...".

Parou por um momento e manteve seu olhar calmo no horizonte. Dava para se ler em seu semblante uma escrita invisível se descortinando através de eras, com sua assinatura encerrada no início.

- Seria bom que Centros de Força – como o daqui – fossem espalhados por todo o Planeta, servindo de sustentação para o que vem por aí. – Deu uma pausa e completou: "Porque o Animal está com sua mandíbula aberta!".

"É... A transformação total da Consciência! A Nova Consciência ou Novo Céu, primeiro. Depois, a Nova Terra (em seu aspecto social, político, econômico, urbanístico, arquitetônico e tecnológico), que será reestruturada pela nova humanidade nos princípios da Nova Consciência...".

"E incluam nesse material a Corrente do Golfo, porque, segundo modelos científicos, se ela mudar de rota, devido o aquecimento dos oceanos, não só os Estados Unidos e o Canadá, mas toda a Europa ficaria congelada por um longo período não estimado. E todos os países que por ventura escapassem desse congelamento e não fossem encapsulados em uma temperatura excessivamente alta para a sensibilidade orgânica, teriam que suprir o restante do mundo com sua agricultura danosamente forçada, compelida sem defesa e sem opção a um esgotamento do solo jamais visto".

- "UCEs"... Gostei do som da pronúncia. Mas o que isso significa?

- Ah! Esqueci de dizer. "UCEs" UNIDADES DE CIÊNCIA E ESPIRITUALIDADE.

- Sem "royalties" – sorriu Joel.

- Sem isso que você falou. De graça.

- Então está bem, dica aceita.

- Estou deixando agora o seu sonho. Não se preocupe, eu apareço. Ah! – exclamou já se afastando – Onde foram parar as suas feridas? – gritou.

Joel sorriu, depois gritou de volta: "Eu te amo, véio! Te adoro! E obrigado por me mostrar o caminho da Liberdade!

OITO
O Anjo o Ser e Joel

Joel permanecia ensimesmado. Tinha a cabeça entre as mãos apoiando os cotovelos sobre as pernas, e olhava insistentemente na direção do chão. Estava assim havia já alguns bons minutos. Eu me mantinha quieto e imóvel. Ele nem havia se dado conta que o local estava sublimado pela presença do seu Anjo. Resolvi então dar uma pequena ajuda. Peguei uma bolinha de tênis no armário ao meu lado e joguei-a contra o relógio das eras, que por sinal estava terminando de soar o finalzinho imperceptível de sua segunda e eterna badalada.

- Quem está aqui? – perguntou Joel, fazendo uma varredura em torno.

Silêncio.

- Ok! Então fique como queira e eu aqui!

Eu já havia feito o bastante. Se o Anjo não se pronunciava, tinha lá seus bons motivos. Fiquei na espreita aguardando o que viria. Nenhum Anjo está autorizado penetrar no sonho de seu protegido senão por uma incontornável causa. Vamos ver o que seria, pensei.

Na Idade Média, era comum que Anjos fossem confundidos com criaturas do mal. Só para se ter uma pequena ideia, gárgulas eram esculpidos nas torres de algumas igrejas somente na tentativa de influenciar as trevas a ficarem longe dali. Bom, isso era o que os fiéis achavam, pois se sentiam protegidos pensando dessa forma. Na verdade, na imaginação daquele povo, gárgulas podiam funcionar mais ou menos como os espantalhos nas plantações de arroz. O medo era tão grande, tão arrebatador, que qualquer ajuda contra as forças das trevas era recebida como dádivas do céu.

O Anjo caminhou na direção de Joel... É incrível, Joel não está vendo, pensei.

- Ele está cheio de conteúdos! – exclamou o Anjo, olhando na minha direção. – Se ele não se esvaziar, não poderá me ver!

- Posso ajudar? – falei.

- Sim.

Caminhei até Joel e joguei sobre ele uma serpente. Ele saltou de lado e se posicionou atrás de um divã. No momento em que sua atenção voltou-se toda para a preservação de sua vida, imediatamente foi esvaziado de todo conteúdo, ruídos mentais, pensamentos, e pode finalmente ver.

- Que brincadeira é essa, qual de vocês dois fez isso?

- Dois? Então finalmente está vendo! – exclamei.

- Olá! – disse o Anjo.

- Ei... Eu conheço você. Já o vi em uma visão. Você é o meu Anjo.

- Como vai?

- Péssimo, como pode ver!

- Posso saber o motivo, talvez possa ajudar?

- Eu não sei; só me sinto triste.

- Muito triste ou só triste?

- Não sei... Acho que muito triste.

- Algumas horas atrás, houve um grande terremoto na Índia. É natural que se sinta triste em meio a tanta dor e sofrimento. O teu ser consciente não precisa saber do acontecimento, mas o teu supraconsciente ou Ser real sabe e dispara ondas de consciência do que está sendo percebido para o seu sistema sensorial. E essas ondas de consciência são traduzidas ou elaboradas pelo corpo emocional como tristeza, angústia, sofrimento. Lembre-se: nada disso que está sendo conhecido é Você. Portanto, deixa ser o que este momento É. Entregue isso à Sua consciência, ela sabe como reorganizar essas ondas. Deixar ser e deixar ir é o passo na direção do reconhecimento de que nada dessas coisas é Você, mas a dança Cósmica se expressando e se fazendo conhecer. Estou autorizado a levá-lo até lá. O que acha?

- O que eu acho? "DEMORÔ"!

- Gosto disso "demorô" E tem também o "ta ligado", não é?

- Tem muito mais... – E deixaram a casa caminhando e alçando até que suas estruturas sumissem na imensidão da noite... – A cada época – continuou Joel – a rapaziada inventa outras novas... é assim... foi sempre assim...

Tudo estava um caos. Havia muita destruição para onde quer que se olhasse... Homens e mulheres com cães farejadores circulavam encimados aos escombros. Havia no ar muita dor... Muito sofrimento.

Tinnn. Esse foi o som de duas taças de cristal que repousavam nas mãos do Anjo. Joel olhou e viu outro anjo, menor e mais magro, adernando uma jarra essencialmente transparente na qual vinho pendia diligentemente.

- A que vamos brindar, tem alguma ideia? – perguntou o Anjo.

- Está brincando ou me testando, é claro!

- Por que acha isso, pareço insensível?

- É estranho que me ofereça vinho com tanta dor e sofrimento ocorrendo ali.

- É verdade, isso parece insensível de minha parte... Absurdo! Mas confie em mim.

Joel sorveu uma pequena porção e se sentiu terrivelmente incomodado com o prazer que o vinho proporcionava.

- Bom, não é? Como está se sentindo?

- Desconfortável!

- Culpado, talvez!

- É, é isso!

- Então feche seus olhos.

- Não quero questioná-lo, mas estou sem nenhuma disposição para isso.

- Confie em mim, feche seus olhos... Se esvazie de qualquer argumento que sua mente tente lhe passar... Já conhece o caminho... Nada de conceitos, nenhum julgamento, pensamento, nada! Jogue fora toda essa porcaria... Livre-se disso! Como? Foque somente o que é vital, o Aqui-Agora! Ao saltar para fora de sua mente e tocar o Vazio, permanece nele; se aferre a ele!

Houve-se um breve espaço de silêncio e o Anjo retomou.

- Sorva agora outro gole de vinho, mas não pense, permaneça no Vazio. Não aceite a sugestão da sua mente caso ela tente lhe convencer de que você está sendo egoísta e insensível, tampouco se ela lhe disser que você está agindo corretamente, qualquer uma das alternativas é uma armadilha do pensamento para puxá-lo para dentro dele, para ele, e puxá-lo para fora de Você – do Vazio.

Depois de sorver outro gole do vinho, Joel parecia... normal!

- O que está sentindo agora, com seu vinho, livre das investidas da mente?

- Paz é tudo o que sinto. Um espaço foi gerado, em mim, para que tudo aconteça, em mim: dor, sofrimento, prazer, alegria, sem nenhum julgamento, rótulo.

- Então agora você sabe, é preciso livrar-se das invistas da mente sem trégua, sem descanso, até que esse estado natural de desapego se torne automático. Podemos agora nos livrar do vinho, ele já serviu ao seu propósito.

Com o vinho e tudo o mais, o anjo menor desaparece.

Silêncio.

- É difícil para qualquer um entender porque Deus permite o sofrimento! – exclamou Joel.

- Primeira resposta – disse o Anjo, olhando na direção do caos. – Deus permite o sofrimento para a Sua glória. Como assim "para a sua glória"? Deus consegue tirar do sofrimento o bem. Veja quanta gente disposta a se sacrificar para ajudar!

"Segunda resposta. Parece que Deus não é tão poderoso assim nas questões mundanas. Deus não entende nada de fundações de prédios. Deus não entende nada de doenças. Deus não entende nada de negócios. Deus é muito puro para entender dessas coisas. No entanto, paradoxalmente, entregue sua existência a Ele e Deus fará de você um sucesso nos cálculos das fundações, um sucesso onde quer que você esteja realizando algo para Ele, não para o seu ego. A Realidade de Deus é pronta, perfeita e terminada, muito antes que ela se disponibilize ao mundo. O que não é perfeito não é parte da Sua realidade. Essa compreensão precisa acontecer em você".

"Terceira resposta. O que julga ser perfeito ou imperfeito é a mente. Pode um aspecto bom de Deus ser interpretado pela mente como mal. A mente olha e diz: HOJE TA CHOVENDO; CREDO! NÃO GOSTO DE CHUVA! O Ser olha e diz: ESTÁ CHOVENDO HOJE. O Ser apenas nota que está chovendo e ponto, isso é tudo. Sem julgamento, sem acréscimo de nada, sem nenhum adjetivo, apenas nota".

- Por que exatamente me trouxe aqui? – perguntou Joel.

- Para que conhecesse.

- Conhecesse?

- O verdadeiro sofredor.

- Não, não, sem essa. Numa situação dessas quem é que consegue estar fora da ilusão daquele que sofre?

- Mas você acabou de provar isso com o vinho, ou já se esqueceu? Quem é o que sofre?

- O próprio sofrimento é o que sofre.

- Acho que consegue melhorar isso! – exclamou o Anjo.

- É o sofrimento sofrendo, em mim, em você, nele, nela, todos, apenas isso.

- E o que é o sofrimento?

- O sofrimento é um pensamento de sofrimento, assim como a alegria é um pensamento de alegria!

- Tudo é pensamento – falou o anjo. – E todo pensamento gera sofrimento. E todo pensamento de desejo, seja o de mudar a mente, seja o de adquirir algo ou pessoa, gera sofrimento imediato. E tão logo se consegue o que deseja, o atrito interno do desejo desaparece e o que resta é o que estava sempre aqui: a paz, o vazio sem desejo. Como está se sentindo?

- É.

- Isso porque está jogando luz sobre o que estava inconsciente em você. E o que está inconsciente transforma-se em pensamento de dor, tristeza, angústia. É preciso jogar luz sobre os sentimentos, e não fingir que não está sentindo.

- Então, sofrimento é sempre um monólogo que a mente elabora sobre nós mesmos, sobre como somos infelizes? – perguntou Joel.

- É isso! Dor é outra coisa: dor de dente, dor na vista, dor no corpo... Sofrimento é sempre uma dor mais profunda, é um movimento psicológico que exige um diálogo interior que se repete sucessivamente sem fim.

- A não ser que a pessoa desperte para a Verdade! – exclamou Joel.

- Você sabe: o Despertar, ou ele acontece em você ou você não consegue despertar. Assim é com a Iluminação, ou ela acontece em você ou você jamais vai se iluminar. Ou seja, ou Deus acontece, em você, ou você jamais conhecerá Deus corretamente!

- Sempre que oro, eu peço a Deus: "Deus! Desperta em mim! Dai-me o entendimento total da Verdade do Cristo. Realiza em mim a experiência direta da Unidade. Amém!".

- Acha que não é Desperto, então? Acha que ainda falta algo?

- Não. Mas sou pego às vezes pela energia egoica que ainda resta: fraca, mas resistente!

Uma correria generalizada, depois de um ensurdecedor estrondo, chamou a atenção do Anjo e de Joel. Uma parte da estrutura que ainda resistia veio abaixo, obrigando a equipe de busca e salvamento se agilizarem rápidos para longe dali.

Silêncio.

- Podemos falar sobre o que observa e o que é observado?

- Observador e observado é meu assunto predileto. É como na Sanga. O soquete do pilão soca insistentemente contra a palha que adere o arroz até que ela se solte e reste somente o que é: arroz! Assim é o assunto, o processo. É preciso ouvir, ouvir, ouvir até que o ensinamento se desloque da cartilagem da orelha e escorra ao coração... Despertar!... Mais uma escorridinha... Iluminação!

O Anjo parou um pouco, olhando a movimentação de seres angélicos e espirituais dando sustentação não só aos que ainda se viam soterrados, mas igualmente aos homens e mulheres que trabalhavam no socorro das vítimas.

- Muito bem – falou. – Observador e observado. Você não é nem o corpo que se movimenta nem o corpo inerte. Nem a mente que se agita nem a mente que se aquieta. Você é Aquilo que observa o movimento.

"Você não precisa de nenhum argumento para ser o que É! Não precisa entender mais nada para ser o que É! Não precisa de nenhuma informação a mais para ser o que É! Não precisa de mais conhecimento para ser o que É! Pare! Você já É!"

"Mas É o quê? O Ser que aparece para o mundo como se fosse uma pessoa; mas necessita clareza para desaparecer de Você o que você não é!"

"Mas o que você não é, porque você parece uma pessoa? Não que você não seja nada, então; Você não é coisa! Não é pessoa, não é raça, não é povo, não é nação de espécie alguma, não é nem deste ou daquele país. Não é coisa, entende? Apenas Ser!"

"Ser é vazio de conteúdo, ruído mental, pensamento. Ser não pode ser localizado. Não carrega nada e não adere a nada. É Vazio! É Silêncio! É anterior a tudo que pode ser conhecido, tocado, desejado. Ser é antes da respiração; atrás da retina; atrás do coração!"

"Você é a Testemunha que observa tudo. Observa seu corpo e sua inteligência sensorial, observa sua mente e seus ruídos na forma de pensamentos. Por isso, desrespeite sua mente, rejeite seus argumentos, porque o ego lhe empurra seus desejos, sem fim, em uma bandeja de prata, na forma de pensamentos".

"Você não é nenhum fluxo fenomenológico, nenhum objeto inconsciente de si mesmo. Não! Você é o Sujeito que observa todo o fluxo fenomenológico – a Dança Cósmica aparecendo em Você e desaparecendo de sua observação!"

"Você percebe, experimenta e conhece, e do lugar que Você É não pode ser tocado, manchado, adulterado. É como a tela de cinema; nenhuma projeção pode tocá-la, apenas surge nela por um tempo e desaparece. A tela continua intocada!"

"Isso bem investigado, revela-se o que o 'eu-objeto' é: pensamento, sugestão, conceito, hipnotismo. Mal investigado, porém, é como se os dados chumbados de Deus vazassem para as mãos do diabo, isto é, o que Você não é, coisa, objeto, forma, nome, seguiria parecendo que é!"

"Você não é aquele que é regido por um astro; você é Aquilo que percebe e conhece, em si, aquele que é regido por um astro – que é você inconsciente de Você! Percebe a diferença?"

"Mas aquele que é conhecido e percebido por Você, que é regido por um astro, pode ser coisa, sim, se houver crença, superstição, pode ser qualquer coisa que deseje e acredite ser, que surge e tem hora estimada para desaparecer. E quando estiver desaparecendo, será percebido e conhecido por Você... E assim que estiver finalmente desaparecido, terá sido conhecido por Você, e percebido como ilusão. Mas será como se o falso jamais tivesse existido!"

"No entanto, antes do amanhecer, o falso acredita fielmente que existe, e segue com suas conquistas. Tudo que conseguir conquistar terá a assinatura da ilusão. Mas depois do amanhecer, tudo é novo e fresco como as hortaliças em solo silvestre, no qual não há espaço para nenhuma ilusão".

"Enfim, não se pode conquistar nada fora que não seja passageiro, ilusório do ponto de vista da Verdade!"

O Anjo fez silêncio, depois falou:

- Podemos voltar.

Claro, eu estava o tempo tolo ali com eles, afinal eu sou o Ser real de Joel, mas permaneci calado, de molho, porém fendido no próprio ensinamento que eu mesmo aprendia, e de mim mesmo fluía.

Chegamos a casa sem a companhia do Anjo. No caminho de volta dissera que sua ocasião se desdobrara e, portanto, seguiria direto para os veios de sincronização. Ao ser perguntado por Joel sobre o que seriam esses veios de sincronização, respondeu: – Não é fácil explicar isso, mas vou chegar o mais perto que dá: "Seria como nadar na piscina particular de Deus!"

Joel parecia cansado... Não! Introspectivo.

- Que coisa feia que vimos lá, não? – falei, puxando assunto.

- Queria ter feito alguma coisa.

- E fez!

- Como assim eu fiz? Fiquei lá sentado ouvindo o assunto preferido do meu Anjo!

- Se o assunto é preferido do seu Anjo, o assunto é o seu preferido também! Quem você acha que o inspira a seguir em tal direção? Você pode não aceitar, é direito seu. Mas quem você acha que lhe infundiu tamanha fome de Deus, tamanha sede de se abandonar Nele? E quanto ao desejo de ter feito alguma coisa para ajudar, esqueça! Você mesmo pode ver; tudo estava bem provido, de homens e de seres. Qualquer um que desperte contribui mais para o Planeta e para a humanidade do que qualquer ajuda material. Só Um existe, uma só Consciência e, paradoxalmente, Deus é consciência individual. O Despertar de um é uma benção para todos. Sabe como Jesus falou isso? "Sede perfeitos como vosso Pai!"

NOVE
Disparando e-mails das visões
Dever de casa – retrospectiva
UCE – UNIDADE DE CIÊNCIA E ESPIRITUALIDADE

De: uceglobal.zero@uce.com
Para: uceglobal.1_98@uce.com
Assunto: HOMEWORK/ hindsight-2021 – OUTUBRO

[Texto/mais; cópia; manuscrito; original/anexo. 1]
[Autorização/ Baby; escrito; cópia; original/ anexo. 2]

Bom dia. Sol quente e dia claro aqui no Brasil.

Com autorização de Baby por escrito.

As Visões.

Continuando do anterior...

Pensou-se então que Mauro Jorge cometera suicídio em pleno voo. Nada foi constatado pela empresa francesa, mas chegou-se a outros meios técnicos através da caixa preta. Todos puderam ver na mídia.

De sua própria esposa:

"Mauro Jorge estava a cinco mil pés de altura e subindo. Mauro Jorge participaria de um congresso na França, e o avião em que viajava simplesmente se espatifou no mar".

Mauro Jorge estava a bordo desse voo que fez escala no Nordeste...

Esposa:

"Aí é que a coisa pega! Mauro Jorge sabia que esse avião iria cair. Sabia dos detalhes: dia, hora, lugar... Ele deixou tudo documentado e assinou".

Podem acessar esse manuscrito no anexo.

Perguntada se entregaria o documento às autoridades, respondeu:

"Nem depois da minha morte! Pensou no tamanho da encrenca? Pessoas foram linchadas por muito menos!... No início achei que Mauro Jorge tivesse se explodido e derrubado o avião. Depois, que um tiro tivesse atravessado a fuselagem e feito o mesmo. Depois... achei que tivesse ficando louca e parei de pensar no assunto".

Depois disso ocorreu um silêncio. Achei que fosse parar, mas continuou:

"Eu me lembro, fui levá-lo ao aeroporto e o número do voo não coincidia porque havia sido remanejado, por quem não se soube. Mauro Jorge enlouqueceu, jamais tinha visto tamanha fúria nos olhos de alguém. Foi um horror!"

Um novo silêncio. Agora ela desiste, pensei; mas não, continuou:

"De repente, Mauro Jorge olha na direção de uma moça com um filho de colo, era uma indiana, trajava 'sári' e usava na testa um pingente. Ela o chama e Mauro Jorge se aproxima. Eles conversam rapidamente e saem para uma sala da companhia. Cinco minutos depois, Mauro Jorge retorna e diz 'Não se preocupe, estou embarcando'. O que aconteceu, e onde está a moça, perguntei. E o que foi que Mauro Jorge calmamente me disse? 'Eu contei a ela toda a verdade e pedi que não dissesse a ninguém, que ela e seu filho estavam sendo retirados daquele voo por decisão espiritual, e que me havia sido incumbido morrer no seu lugar e no de seu filho'".

A esposa continua:

"Eu queria matar o Mauro Jorge, porque achava que havia mentido e influenciado aquela moça de maneira tão baixa. Mas, em seguida, ele me disse o que a moça havia lhe dito ao pé do ouvido, que sonhara com um anjo na noite anterior e que lhe havia dito com essas palavras: 'Acredite no mais improvável'! O que acha que a imprensa faria comigo, caso fosse tão estúpida e entregasse o documento e narrasse letra por letra o que estou lhe contando?"

Bom... Ela tem toda razão.

A esposa:

"Não me leve a mal, não, Joel, mas acho que tanto os pacientes quanto as experiências acabaram deixando o Mauro Jorge desgovernado, por isso dessas visões que ele falava...".

Fiquei interessadíssimo e pedi que falasse sobre as visões.

A esposa:

"Já ouviu a expressão 'under lead'?"

Disse a ela que se tratava de um elmo de chumbo usado supostamente para viagens astrais.

A esposa:

"Então! Mauro Jorge e dois amigos dele costumavam fazer essas experiências na serra da Cantareira. Vestiam esses capacetes e supostamente deixavam o corpo. Algum tempo depois, retornavam e anotavam tudo em diários... O grupo chamava tais anotações de 'visões'".

Para os adeptos desse tipo de viagem astral (que não recomendo), o chumbo é imprescindível para a proteção psíquica das impurezas astrais. Segundo dizem, essas impurezas atacam os viajantes com miasmas de odor insuportável [talvez haja aqui um exagero] – se assemelha bastante ao odor de um trauma pulmonar – confusão mental, dores, desesperos e tormentos emocionais instalados na aura em volta do corpo.

Perguntada se tinha guardado com ela o diário de Mauro Jorge, respondeu:

"Vou deixá-lo com você. Mauro Jorge guardava isso no escritório, não fazia segredo. Uma noite, durante essa suposta viagem astral na serra da Cantareira, apareceram dois garotos para assaltar e um deles tocou no amigo de Mauro Jorge, que praticava mais à frente. O amigo teve um súbito anafilático e morreu ali mesmo. Mauro Jorge escreveu no fichário 'não houve tempo de retornar ao corpo, nem de comparar as visões'".

Pedi que falasse dessas visões.

Esposa:

"São visões de uma Nova Terra! Essa Nova Terra simbolizaria a segunda vinda do Cristo, sob uma visão cristã mais aberta, agora como consciência individual já em processo. [Mas poderia ocorrer também em um corpo glorioso – não físico]. Seria a Nova Consciência se insurgindo ainda tímida, mas definitiva. A partir de 2022, estaria previsto um afunilamento em módulos, o qual se encerraria na sutilização seis anos depois de seu início. Os números do ano somados dão seis: seis anos de purificação, segundo a interpretação".

Pedi que falasse sobre o "Afunilamento".

A esposa:

"Segundo as visões coletadas no grupo e comparadas com as visões de grupos no mundo todo..."

[Isso precisa ser investigado/ encontrem tais grupos]

"... o processo de afunilamento se dará do estágio de consciência mais grosseiro ao mais apurado. Seria, na verdade, o início do fim do falso livre-arbítrio sugerido pelo ego. Primeiro seriam os assassinos, os sequestradores, os corruptos e os assaltantes...".

[O tipo dessa densidade energética – segundo fonte de pesquisa realizada pelas UCEs/ Unidades de Ciência e Espiritualidade da Alemanha e França – se assemelha à densidade concentrada nos detritos nuclear. Esse documento fala de densidade energética – diferente de aspecto humano. Pode-se verificar no documento a observação que diz: "Densidade diabólica que altera a rota das células, exilando-as em um curso desgovernado"]

Continuando...

"Esse processo levaria três anos. Após esse período, tais condutas estariam extintas. Em seguida, após os três anos, os ladrões, os caluniadores, os adúlteros [significado complexo por sua energia além da moral] e os gananciosos, esse processo levaria dois anos. Após esse período, esse modo de proceder também estaria extinto. E por último, após dois anos do ocorrido, os julgadores, os mentirosos e os estelionatários. Esse processo levaria um ano. Após esse período, todo o comportamento estaria transformado em um viver pleno, contemplativo, o início da sutilização humana. Tudo continuaria sendo feito como é hoje, a sociedade e seus deveres, com cada um fazendo a sua parte com responsabilidade com o todo, sem a menor chance de segregação".

A esposa entra agora na 2ª parte das visões.

A esposa:

"A segunda parte das visões explica detalhadamente como isso vai ocorrer. Iniciado o primeiro módulo, os que fazem parte por identificação da energia, os assassinos, os sequestradores, os corruptos e os assaltantes, começariam a ter sintomas que os motivassem a um estado reformulativo da consciência. Os que por ventura não se rendessem, devido à densidade humana, entrariam então em um processo de desertificação extremamente doloroso e sem volta, no qual toda a água compondo o sangue, os músculos, os órgãos, os tecidos do cérebro, se evaporaria abandonando o corpo a um bagaço ressequido, digamos assim".

Agora vem a parte do adendo.

Esposa:

"Tem um adendo que deixa bem claro o seguinte: Ao se iniciar o processo de desertificação, não será possível pará-lo ou voltar atrás na decisão tomada de não se render. Durante dias, antes que o processo de desertificação se complete e o coração finalmente pare de bater, uma retração óssea insuportável fará com que o crânio esmague pouco a pouco o cérebro. Isso, segundo o relato, fará com que a pessoa enlouqueça de uma maneira indescritível até então, chegando alguns a decepar a própria cabeça na tentativa de se livrar do horror, mas não morrerão até que todo o tecido humano esteja completamente seco".

Minha opinião. Mauro Jorge, meio louco meio excêntrico, era demais cuidadoso com as palavras, especialmente ao tratar de assuntos espirituais e psiquiátricos. Não creio, portanto, que haja aqui um valor excessivo na narrativa da esposa.

Esposa:

"O módulo seguinte, os ladrões, os caluniadores, os adúlteros e os gananciosos, a mesma coisa se daria: os sintomas reformulativos da consciência, o esmagamento do cérebro, o processo de desertificação caso também houvesse recusa".

Ela entra agora no último módulo.

Esposa:

"O estágio apurado ou terceiro módulo, o dos julgadores, mentirosos e estelionatários, se repetiria da mesma forma: primeiro os sintomas já conhecidos, depois o esmagamento do cérebro seguido imediatamente pela desertificação, com um agravante no geral após se ter completado o ciclo dos seis anos: caso fosse possível que ainda houvesse alguém que pudesse ser atraído pelo tipo de comportamento anterior ao afunilamento, imediatamente se iniciaria o processo de desertificação, mesmo que jamais tivesse pertencido a nenhum estágio mais grosseiro. A paciência do Planeta e do Universo se esgotara, e foi o fim do que eles chamam de falso livre-arbítrio imposto pelo ego!"

Sugiro que pensem seriamente sobre essa questão: a humanidade esta presa em sua mente e nem sabe disso. Só faz o que foi decidido pelo ego, através de seus pensamentos. Isso, de fato, não é livre-arbítrio de forma alguma, mas um estado de sem-escolha acolhido do ego. Livre Arbítrio significa, de fato, o alinhamento do ego com o Ser; portanto desaparecem do campo do Self os estímulos egoicos que comandavam o Jogo desde as eras mais remotas da humanidade.

A esposa conclui:

"Após o sexto ano do afunilamento, os Sete Pecados Capitais: avareza, gula, inveja, ira, luxúria, preguiça, vaidade, estariam extintos! Aflições do comportamento: medo, ódio, desconfiança, estariam extintos! Aflições da personalidade: orgulho, egoísmo, mágoa, culpa, estariam extintos!"

Conclusão. É disso que as Visões tratam especificamente, o fim do ego e o surgimento do Ser na consciência humana.

Por aqui continua sol e dia claro. Brasil.

DEZ

Online: Interligados na virada – 2021.

Control System Vip
Assunto: Embaixadas na Criação de CFs - Centros de Força – em todo o Globo.
Uces interligadas:

África.zoo/   Alaska.polar/   Alemanha.bier/   Argentina.tango/

Ásia.geral/   Austrália.cacatua/   Áustria.alpes/   Bélgica.atomium/

Bolívia.onça/   Brasil.peixeboi/   Canadá.trutas/   Chile.condor/

China.panda/   Dinamarca.carvalho/   Escócia.lagoness/

Espanha.touro/   EUA.águia/   França.eiffel/   Groelândia.gaivota/

Holanda.perfume/   Hungria.florim/   Índia.tajmahal/   Inglaterra.corvo/

Irlanda.pub/   Itália.musa/   Japão.marmota/   México.tequila/

Noruega.inverno/   OrienteMédio.safira/   Peru.picchu/   Portugal.fado/

Rio.pãodeaçúcar/   Rússia.urso/   Suécia.viking/   Suíça.chocolate/

Venezuela.jaguar/

Na iminência do que vem por aí, para que os CFs, Centros de Força em áreas não habitadas, pudessem ser criados em tempo hábil por todo o planeta, com livre acesso, transporte, deslocamento de pessoal estrangeiro para os locais, sem a necessidade da apresentação de passaportes, seguros, vacinas e outras exigências mais – ou que fossem então tais exigências disponibilizadas a um procurador indicado pela ONU, possibilitando a instalação, atuação e permanência de estrangeiros antes mesmo da consolidação documental, haveria que se ter a participação das embaixadas burlando de comum acordo todos os procedimentos, eximindo os governos legais de qualquer probabilidade incriminadora. Assim a UCE Internacional interveio junto a Embaixadas – embaixadores, chanceleres e adidos culturais – em todo o mundo, na tentativa de que tal envergadura fosse acolhida com vigor a fim de que suplantasse qualquer impossibilidade, priorizando, portanto, a urgência incontornável.

Tal intervenção, o Control System Vip relata item por item horas de espera, vitórias, recusas, questões politicamente delicadas e situações deixadas por acabar.

Um codinome singular, originado a cada Uce, representa a Uce dos países interligados; portanto, os participantes de cada Uce assumem o mesmo codinome.

Nickolas terminara seu turno e Hiroshi assumia o Control System Vip. Falando simplesmente, o Control System Vip é um sistema complexo rodando em uma rede interligada de computadores, otimizando programas, arquivos, aplicativos, disponibilizando uplownloads e downloads em altíssima velocidade. Todo material que é pedido e necessite urgência de envio, esses loads entram em ação imediatamente após um simples ATALHO de comando.

Hiroshi depositou a caneca de café ao lado do monitor e acionou o teclado.

TENTAR...

ENVIANDO...

ESPERA...1MIN

Hiroshi olhou no canto direito do monitor e haviam se passado já vinte e oito minutos desde que se sentara ali. Levantou, pegou outra caneca de café, voltou e se ajeitou confortavelmente, pois pensou: "Outra madrugada longa". Dava para escutar dali os fogos que aconteciam na Avenida Paulista, e pensou: "Para os Shows, não estou nem aí; mas que falta faz um bom Champanhe!".

ESPERA...29MIN

ESPERA...1HR

ESPERA...2HS

TENTAR NOVAMENTE...

EMVIANDO...

ENVIADO/ Uce/ Brasil; peixeboi; Para; embaixada_1: Feliz-Ano-Novo: Alguma notícia?

RECEBIDO/ embaixada_1; Para; peixeboi; Brasil: Feliz-Ano-Novo: O homem está dentro. Vai diluir nas demais – entendeu – Mandou dar início.

ENVIADO/ Uce/ Brasil; peixeboi; Para; uces; 1_98: Feliz-Ano-Novo: embaixador acolheu. Vai diluir nas demais – entenderam/ né – Mandou dar início.

RECEBIDO/ Uce/ Austrália; cacatua; Para; peixeboi; Brasil: Feliz-Ano-Novo, aqui também acolheu. Já foi disparado.

SELECIONANDO ORDEM ALFABÉTICA – [ENTER]

ORDEM ALFABÉTICA DISPONIBILIZADA – RECEBENDO...

RECEBIDO/ Uce/ África; zoo; Para; peixeboi; Brasil: Feliz-Ano-Novo: idem Austrália; cacatua.

RECEBIDO/ Uce/ Alaska; polar; Para; peixeboi; Brasil: Feliz-Ano-Novo: entendido.

ENVIADO/ Uce/ Brasil; peixeboi; Para; polar; Alaska: Feliz-Ano-Novo: fuso horário – boa vantagem.

RECEBIDO/ Uce/ Alaska; polar; Para; peixeboi; Brasil: Feliz-Ano-Novo: nem se fala.

RECEBIDO/ Uce/ Alemanha; bier; Para; peixeboi; Brasil: Feliz-Ano-Novo: nada ainda; aguardando.

RECEBIDO/ Uce/ Argentina; tango; Para; peixeboi; Brasil: Feliz-Ano-Novo: idem bier – aguardando.

RECEBIDO/ Uce/ Bolívia; onça; Para; peixeboi; Brasil: Feliz-Ano-Novo: nada – estamos tentando contato.

RECEBIDO/ Uce/ Bélgica; atomium; Para; peixeboi; Brasil: Feliz-Ano-Novo: aqui estamos total – adendo: a OTAN tem simpatias pelas Uces.

ENVIADO/ Uce/ Brasil; peixeboi; Para; atomium; Bélgica: Feliz-Ano-Novo: é muito bom para as Uces que a Aliança Atlântica veja com bons olhos.

RECEBIDO/ Uce/ Canadá; trutas; Para; peixeboi; Brasil: Feliz-Ano-Novo: idem onça – sem contato.

RECEBIDO/ Uce/ Chile; condor; Para; peixeboi; Brasil: Feliz-Ano-Novo: idem trutas – aguardando contato.

RECEBIDO/ Uce/ China; panda; Para; peixeboi; Brasil: Feliz-Ano-Novo: irredutível – estamos fora.

Essa havia sido uma grande perda, mais para a China do que para qualquer um. As muralhas da China, além de qualquer conotação que se possa conferir beleza, imponência à sua imensa espinha dorsal vista do espaço, era um veio energético frágil que precisaria ser sustentado por um Centro de Força durante esse período de combate com as forças involutivas que se aproxima. Para entender a dificuldade presente, é necessário reconstruir o passado, ou seja, conhecê-lo. No passado, toda invasão (mongólica ou não) se dava por aquele veio vulnerável onde hoje estão as muralhas. Essa sucessão de invasões originadas no passado forjou no tempo um veio energético instável. É simples entender isso. Toda matéria é energia condensada, e energia é matéria em estado radiante. Isso todo aluno do ensino fundamental sabe. Se pega uma madeira, ou energia condensada, e com lixa e ferramentas forja-se em seu campo formas esculpidas, que podem ser arredondadas, pontiagudas, angular... Foi exatamente isso que ocorreu ali durante essas sucessivas invasões, isto é, forjou-se com intenções energéticas repetitivas (porque a energia segue o pensamento) a especificidade energética daquele veio. A fragilidade física, portanto, expressava a vulnerabilidade energética daquela geografia protuberante. Assim, a construção das Muralhas resolveu o problema físico das invasões, somente.

Mas como convencer homens do Governo, treinados para serem insensíveis a qualquer modelo fora do padrão? Porque não é fácil lidar com fatos que não possam ser medidos em laboratório. Não é nada fácil! Não é fácil acreditar em Deus, por exemplo, se você não pode percebê-Lo como uma experiência, e sem tal experiência lhe resta apenas a fé, somente. Não é fácil se você não aprendeu a conhecê-Lo corretamente. Deus só pode ser real, se você for realmente honesto com você, à medida de sua percepção Dele. Fora disso é fé! No entanto, é necessário fé para se iniciar qualquer tipo compreensão. Sem fé, nenhum cientista teria mergulhado em experimento algum.

RECEBIDO/ Uce/ Dinamarca; carvalho; Para; peixeboi; Brasil: Feliz-Ano-Novo: vai apoiar – estamos nessa.

RECEBIDO/ Uce/ Escócia; lagoness; Para; peixeboi; Brasil: Feliz-Ano-Novo: conseguido com todas – apoio total.

ENVIADO/ Uce/ Brasil; peixeboi; Para; uces.1_98: Feliz-Ano-Novo: recebido SMS via celular embaixada avançada, diz: 1.Síria, Iran e suas irmãs vão ser problema – dos grandes. 2.Outro. Já se esperava: Israel está fora – sozinho.

RECEBIDO/ Uce/ Espanha; touro; Para; peixeboi; Brasil: Feliz-Ano-Novo: tudo correu como devia – iniciado.

RECEBIDO/ Uce/ EUA; águia; Para; peixeboi; Brasil: Feliz-Ano-Novo: Aqui a águia voou pra tudo ou nada – mas quer saber do urso – perdemos contato.

RECEBIDO/ Uce/ França; eiffel; Para; peixeboi; Brasil: Feliz-Ano-Novo: aqui já decolou; perdemos contato com urso também.

EMVIADO/ Uce/ Brasil; peixeboi; Para; urso; Rússia: Feliz-Ano-Novo: urso ouviu?

RECEBIDO/ Uce/ Groelândia; gaivota; Para; peixeboi; Brasil: Feliz-Ano-Novo: estamos nessa, acabamos de ser informados.

RECEBIDO/ Uce/ Holanda; perfume; Para; peixeboi; Brasil: Feliz-Ano-Novo: entramos – sinto não poder repartir o Champanhe – notícia do urso?

ENVIADO/ Uce/ Brasil; peixeboi; Para; perfume; Holanda: Feliz-Ano-Novo: estamos sem contato com urso ainda.

RECEBIDO/ Uce/ Hungria; florim; Para; peixeboi; Brasil: Feliz-Ano-Novo: ainda nada por aqui – aguardando.

URGÊNCIA... BURLANDO ORDEM ALFABÉTICA...

RECEBENDO...

RECEBIDO/ Uce/ Áustria; alpes; Para; peixeboi; Brasil: Feliz-Ano-Novo: se vai com a Alemanha se ela for – urso não responde – já tem 3hs ou mais.

ENVIADO/ Uce/ Brasil; peixeboi; Para; Uces.1_98: Feliz-Ano-Novo: pessoal, não é nada fácil e nem comum para as embaixadas e seus agregados acolherem "teorias" fora do padrão fenomênico: esse tipo de coisa que parece ridícula, absurda, irreal. Mas continuem tentando.

Sim. Sempre foi assim. Todos, antes e depois de Copérnico, enfrentaram tal descrença. Alguns se redimiram para se livrar da morte ou da torre perpétua; outros, como Sócrates, preferiram a cicuta ao martírio de mentir e admitir que estivessem errados. Mas todos tiveram suas vidas arruinadas, de um modo ou de outro. Até mesmo recentemente, cientistas como Einstein e o dinamarquês Niels Bohr, para dizer o mínimo, e o descobridor da corrente alternada Nikola Tesla foram de certa forma desacreditados pelos próprios colegas no início. E o que dizer de Darwin sobre a inteligência natural biológica? Nem se fale, então! Felizmente, hoje, ninguém mais se vê obrigado à cicuta ou à torre perpétua, nem mesmo à morte. Bem... pelo menos não no ocidente até então.

RECEBIDO/ Uce/ Índia; tajmahal; Para; peixeboi; Brasil: Feliz-Ano-Novo: entramos.

ENVIADO/ Uce/ Brasil; peixeboi; Para; uces.1_98: Feliz-Ano-Novo: chegou motivo recusa de Síria, Irã e suas irmãs, diz: "Nossa religião impede que nossa Pátria sente com os Xamãs contatando forças do astral. Seria tremendo desrespeito com o Deus da nossa religião. Além do mais, faltam argumentos palpáveis para "afunilamento".

RECEBIDO/ Uce/ Inglaterra; corvo; Para; peixeboi; Brasil: Feliz-Ano-Novo: #tamujuntu# – águia e corvo novamente.

SUBSTITUINDO ORDEM ALFABÉTICA – [ENTER]

OREDM CRONOLÓGICA ACEITA – SUBSTITUINDO...

RECEBENDO...

RECEBIDO/ Uce/ Venezuela; jaguar; Para; peixeboi; Brasil: Feliz-Ano-Novo: não tivemos problemas – ritmo adiantado.

RECEBIDO/ Uce/ Noruega; inverno; Para; peixeboi; Brasil: Feliz-Ano-Novo: tudo como já se esperava – embaixada disponível.

ENVIADO/ Uce/ Brasil; peixeboi; Para; Uce2/ Brasil/ Rio; pãodeaçúcar; Brasil: Feliz-Ano-Novo: entrar em contato com Ásia; geral – ver o que há/ Perdemos contato com Rússia-urso – veja o que consegue.

RECEBIDO/ Uce/ Irlanda; pub; Para; peixeboi; Brasil: Feliz-Ano-Novo: idem Escócia; lagoness – apoio irrestrito.

RECEBIDO/ Uce/ Itália; musa; Para; peixeboi; Brasil: Feliz-Ano-Novo: dessa vez ninguém cochilou, Mussolini pelo canelone – beleza de prato, estamos juntos.

RECEBIDO/ Uce2/ Brasil/ Rio; pãodeaçúcar; Para; peixeboi; Brasil: Feliz-Ano-Novo: sem contato com Ásia-geral/ continuo sem contato com Rússia-urso.

RECEBIDO/ Uce/ Suécia; viking; Para; peixeboi; Brasil: Feliz-Ano-Novo: conseguimos, entramos.

RECEBIDO/ Uce/ Portugal; fado; Para; peixeboi; Brasil: Feliz-Ano-Novo: tudo certo – estamos nessa.

RECEBIDO/ Uce/ Japão; marmota; Para; peixeboi; Brasil: Feliz-Ano-Novo: feliz, muito feliz – dessa vez estamos do mesmo lado – entramos.

RECEBIDO/ Uce/ México; tequila; Para; peixeboi; Brasil: Feliz-Ano-Novo: conseguimos contato agora – confirmado: dentro.

RECEBIDO/ Uce/ Peru; picchu; Para; peixeboi; Brasil: Feliz-Ano-Novo: conte com a gente – entramos.

RECEBIDO/ Uce/ OrienteMédio; safira; Para; peixeboi; Brasil: Feliz-Ano-Novo: nada ainda – aguardando.

RECEBIDO/ Uce/ Ásia; geral; Para; peixeboi; Brasil: Feliz-Ano-Novo: ainda aguardando.

RECEBIDO/ Uce/ Suíça; chocolate; Para; peixeboi; Brasil: Feliz-Ano-Novo: entramos finalmente – não é hora pra ficar em cima do muro.

PEDINDO RELAÇÃO DE CODINOMES SEM CONFIRMAÇÃO [ENTER]

CONFIRMANDO...

RECEBENDO...

HISTÓRICO/ polar.Alaska/ safira.OrienteMédio/ geral.Ásia/ bier.Alemanha/ tango.Argentina/ onça.Bolívia/ trutas.Canadá/ condor.Chile/ florim.Hungria/ alpes.Áustria/ urso.Rússia/

ESPERA...2HS

ESPERA...3HS

ESPERA...5HS

RECEBENDO...

RECEBIDO/ Uce/ Alaska; polar; Para; peixeboi; Brasil: Feliz-Ano-Novo: aqui tudo foi ajustado como solicitado – contem com a gente.

RECEBIDO/ Uce/ Bolívia; onça; Para; peixeboi; Brasil: Feliz-Ano-Novo: acabou de chegar – dentro.

RECEBIDO/ Uce/ Canadá; trutas; Para; peixeboi; Brasil: Feliz-Ano-Novo: entramos – finalmente.

RECEBIDO/ Uce/ Chile; condor; Para; peixeboi; Brasil: Feliz-Ano-Novo: entramos.

RECEBIDO/ Uce/ Hungria; florim; Para; peixeboi; Brasil: Feliz-Ano-Novo: adido diz: "tem nosso apoio – tivemos dificuldades com 'vizinhos', segue adido, pois desconheciam qualquer coisa sobre o assunto" – estamos com vocês.

RECEBIDO/ Uce/ Áustria; alpes; Para; peixeboi; Brasil: Feliz-Ano-Novo: entramos.

RECEBIDO/ Uce/ Ásia; geral; Para; peixeboi; Brasil: Feliz-Ano-Novo: ¾ apenas – contem com a gente.

RECEBIDO/ Uce/ OrienteMédio; safira; Para; peixeboi; Brasil: Feliz-Ano-Novo: a princípio ficou fora – mas ainda não está totalmente descartado, negociação continua sem apoio formal do Rei – descontrole generalizado é crítico.

RECEBIDO/ Uce/ Alemanha; bier; Para; peixeboi; Brasil: Feliz-Ano-Novo: irrestrito – estamos com vocês.

ESPERA...1:28SEG

ESPERA...4MIN

RECEBENDO...

RECEBIDO/ Uce/ Argentina; tango; Para; peixeboi; Brasil: Feliz-Ano-Novo: entramos.

PEDINDO CODINOMES QUE ACABARAM DE CONFIRMAR [ENTER]

CONFIRMANDO...

RECEBENDO...

HISTÓRICO/ polar.Alaska/ safira.OrienteMédio/ geral.Ásia/ bier.Alemanha/ tango.Argentina/ onça.Bolívia/ trutas.Canadá/ condor.Chile/ florim.Hungria/ alpes.Áustria/

PEDINDO CODINOMES SEM CONFIRMAÇÃO [ENTER]

CONFIRMANDO...

RECEBENDO...

HISTÓRICO/ urso.Rússia/

ENVIADO/ Uce/ Brasil; peixeboi; Para; Uce2/ Brasil/ Rio; pãodeaçúcar; Brasil: Feliz-Ano-Novo: estamos sem confirmação de urso-Rússia – sem contato há mais de 6hs – o que informam?

PEDINDO CONFIRMAÇÃO DAS EMBAIXADAS FORA [ENTER]

CONFIRMANDO...

RECEBENDO...

HISTÓRICO/ panda.Cina/ safira.OrienteMédio/

PEDINDO CONFIRMAÇÃO DOS PAÍSES QUE REJEITARAM [ENTER]

CONFIRMNDO...

RECEBENDO...

HISTÓRICO/ Israel . Síria . Irã . Iraque . Palestina . Egito . Líbia . Usbequistão . Casaquistão . Coréia do Norte . Turquia . Líbano ./

RECEBIDO/ Uce2/ Brasil/ Rio; pãodeaçúcar; Para; Uce/ Brasil; peixeboi; Brasil: Feliz-Ano-Novo: informação sobre urso quase nada – negociação interrompida – insurreição na vizinhança, humanidade já apresenta sinais de descontrole – somente aguardar.

[@F98] ENVIANDO HISTÓRICOS A UCES...

ENVIADO/Uce/Brasil.peixeboi.Para.Uces.1_98: Feliz-Ano-Novo: Alerta: HISTÓRICO/ urso.Rússia/ Fora: HISTÓRICO/ panda.Cina/ safira.OrienteMédio Rejeitaram: HISTÓRICO/ Israel . Síria . Irã . Iraque . Palestina . Egito . Líbia . Usbequistão . Casaquistão . Coréia do Norte . Turquia . Líbano ./

ENVIADO/ Uce/ Brasil; peixeboi; Para; Uces.1_98: Encerrando: Feliz-Ano-Novo: parabéns para a humanidade, que hoje deu seu testemunho de que o jogo pode ser virado. O desafio é chegar ao final sem se deter nas dificuldades. Para tal é necessário deixar a zona de conforto. Parabéns a todos nós!

Obs. Urso e safira estão com problemas na vizinhança. Safira teme e é cauteloso, descontrole no reinado é geral – é certo que não vai entrar. Urso já sofre pequenos focos de insurreição nos arredores – apenas roupa-suja, descontrole generalizado. Temos que aguardar urso – talvez leve semanas.

Boa madrugada, finalizando por hoje: 31de dezembro de 2021.

Esses Centros de Força sustentariam uma batalha contra as forças involutivas impedindo sua atuação de maneira apropriada. Serviriam, por assim dizer, como estáticas ou chiados num processo de transmissão. Todos que pudessem colaborar e tivessem preparo para isso, se dirigiriam para as Uces espalhadas pelo mundo e, de posse de credencial acordada com as embaixadas, seguiriam para os lugares selecionados. Somente o Centro de Força no Chile, localizado no deserto do Atacama, por motivos que se desconhece até então, estaria reservado aos Xamãs e somente aos Xamãs.

Quarenta e oito horas após a conclusão com as embaixadas afins, as Uces já não davam conta da quantidade de credenciais expedidas, pessoalmente, por email ou correio. Os acessos e as filas seguiram vinte e quatro horas por dois meses, depois foram diminuindo... e se encerrou.

Todos que podiam se instalaram e já exerciam práticas de combate nos Centros de Força, mesmo sem saber ao certo a data na qual tudo seria acirrado. Apenas um quinto deixou para depois da virada, em férias, suas idas aos Centros, e lá permaneceriam até quando não se sabia, senão até o fim.

Tanto as negociações dos embaixadores, chanceleres e adidos culturais, quanto os disparos das Uces interligadas, sua finalização e, em seguida, o processo de credenciamento de pessoal para atuar diretamente nas Fontes, ocorreram em dezembro de 2021.

De todos os Centros de Força espalhados pelo mundo, somente o da Austrália conseguia interagir e se comunicar com o Centro de Força do Atacama. Como ninguém mais tinha acesso nem aos Xamãs nem ao local – pois procuravam e se perdiam e não achavam –, esse mistério só podia ser interpretado da seguinte maneira: era o único Centro de Força que contava com a presença dos aborígines. Os aborígines, por sua ligação cósmica, antropológica com o natural, tinham em si matéria de substância espiritual e funcionavam como portais individuais, mas que no decorrer de eras acabaram esquecidos ou deixados de lado. Como agora os aborígines se reuniam para um combate sem precedentes contra as forças involutivas que já transitavam significativas na orla do Planeta, um portal gigantesco em intensidade se formou. Talvez os aborígines tivessem sido separados espiritualmente para esse momento único da civilização, mas sem com isso deixar de passar por tudo que passaram, pois o salto de um costume que parecia congelado no tempo para outro costume que nem imaginavam que pudesse existir, e feito com a rapidez insensível que a nova humanidade exigia, deve ter parecido para o povo aborígine que o inferno se instalara naquelas terras.

Olhei para Joel e pela primeira vez o rapaz dormia. Epa! Dormia? Espera um pouco! Joel acordara dentro do próprio sonho, e acordado agora dormia?

Nisso, uma luz prateada abriu uma brecha, uma espécie de vão ou abertura que parecia vir direto daquilo que os cristãos imaginam por Céu. Não era bem um vão, mas uma abertura prateada, retangular (semelhante à abertura das canaletas que distribuem o ar condicionado central por todo o prédio), que se formou no alto, entre o teto e a parede. Apenas isso num primeiro momento. Em seguida, uma voz feminina chamava docemente pelo nome de Joel.

- Joel... Joel... Joel...

Joel se remexeu um pouco e virou para o outro lado.

- Joel – insistiu a voz. – Não precisa acordar não, vou até aí onde você está. Veja bem, você está acordado dentro do seu próprio sonho e acordado agora dorme dentro do seu próprio sonho. Sabe o que isso quer dizer? Que você está na sexta dimensão do seu Espírito. Vou até você e vamos conversar. Nessa sexta dimensão você está acordado, nem vai saber que está dormindo no campo da dimensão em qual tem sonhado. Estou entrando agora, preste atenção na brisa que toca suave o seu braço direito e parte do seu rosto, é meu manto. Olhe para o seu lado direito, eu estou aqui!

- Oi. Eu estou aqui sozinho há dias, nem sei como vim parar aqui. É bom ter uma companhia para conversar. Meu nome é Joel, e o seu?

- Oi, Joel, como vai? Meu nome é Maria.

- Maria! Muito bem, Maria: vamos dar uma volta! Ali em baixo tem um lago que eu nunca tinha visto em lugar nenhum. Se parece muito com um lago de uma pintura retratando o Céu. Não consigo lembrar o nome do artista... Mas deixa pra lá. Olhe: não é lindo? É indescritível! Já tentei descrevê-lo varias vezes pra mim mesmo, mas não consigo, não encontro as palavras, é estranho!

- Realmente é lindo, indescritível também. Já pensou na possibilidade dessa palavra que possa descrevê-lo ainda não ter sido inventada?

- Confesso que já pensei, sim! Mas sempre que algo está vindo... eu me esqueço do porquê está vindo... e o que estou tentando entender... ou descrever... É como se esse algo que sempre está vindo, porém nunca chega, me jogasse numa espécie de vácuo, eu sei lá. Me desculpe por minhas loucuras, eu sou assim ou fiquei assim depois que vim parar aqui. Gosta de trigo, ou melhor, gosta de estar em um campo de trigo, no qual o Sol de cor abóbora e textura macia está sempre na mesma posição, deixando tudo aboboralizado?

Maria sorriu, achando graça da sua expressão "aboboralizado".

- É eu sei, eu inventei essa palavra. Acho que dá o tom. Eu fico aqui brincando de inventar palavras. É meu passa-tempo. Como eu disse: ninguém pra conversar! Vou chamá-la de a moça bondosa: Maria, a moça bondosa.

- Como queira. Podemos nos sentar ali, sob aquela macieira? Dizem que foi está macieira que derrubou sobre a cabeça de Sir Isaac Newton a inspiração para a descoberta da Lei da gravidade.

- Puxa! – exclamou Joel. – Ouvi dizer que Sir Isaac Newton andou muito deprimido uma época de sua vida. Um amigo, sabendo de seu estado, o levou até um remanescente indígena e sob uma tenda enorme fumaram uma erva poderosa. Depois de um tempo, Sir Isaac Newton observou um buraquinho por onde um raio de sol passava e morria do outro lado. Foi nesse instante que teve seu insight e descobriu o prisma que concentrava a luz branca de um lado e espargia o halo colorido pelo outro.

Houve um silêncio de riso contido, depois Joel falou, sorrindo: "É brincadeira. É que eu estou tão cheio de energia, me sinto imensamente alegre, feliz! Há tempos não me sentia assim. Me desculpe!".

- Eu sei, meu querido. Mais do que você imagina. Isso que você acabou de contar foi apenas o seu jeito de celebrar a vida

- Mas eu sei, de verdade, os albinos vivem falando essas coisas: inspiração que levou alguém a descobrir isso, inspiração que levou não sei quem a inventar aquilo. Vou lhe falar uma coisa, não dê atenção a esses albinos porque senão vão enlouquecer você com tanta informação.

- Não sabe mesmo quem são esses albinos, ou melhor, o que eles são?

- Exatamente, exatamente, não!

- Meu querido Joel, eles são Anjos.

- Anjos? Mas são tão diferentes dos anjos...

- Das pinturas?

- É!

- Aqui tudo é bastante diferente, inclusive o lago que você não consegue descrever.

Joel permaneceu um tempo calado, abstraído em seus devaneios, até que Maria, a moça bondosa, resolveu entrar no assunto que a levou ali.

- Joel: vim até aqui para conversar com você sobre um insight que terá que se abrir para receber diante de uma situação delicadíssima.

- Aqui nunca acontece nada, moça bondosa. Não se preocupe.

- Não será aqui, mas em outro lugar.

- Que lugar, posso saber?

- Sim, pode. O nome desse lugar é Terra. Lá as pessoas estão muito confusas, perdidas em si mesmas. Vivem cada vez mais para satisfazer a si mesmas, o ego.

- Sim, ego, o diabo como dizem!

- Estão cada vez mais dominadas pelo ego, ou diabo, como queira, e não estão percebendo que estão sendo arrastadas para todo tipo de ilusão. A ilusão da correria para dar tempo para fazer tudo todos os dias. A ilusão do ter tudo e cada vez mais, do sabor perfeito que se paga caro enquanto milhares morrem de fome todos os dias, do olhar de ser olhado e invejado, do desejo de ser desejado para poder desejar sem se frustrar, de ouvir somente o que preenche o terrível vazio existencial. Toda essa ilusão do ego está levando a humanidade a cavar sua própria ruína. Há um tremendo descontrole nesse lugar chamado Terra. Você ainda não sabe, mas está em uma condição na qual foi colocado para poder ajudar. Não se deixe enganar pelas aparências, porque você irá cheirar, irá tocar e irá olhar para essas aparências, e essas aparências surgirão como confusão, sangue, sofrimento e tremendas dificuldades. Não olhe para as aparências, mas através delas! Isso significa que você irá se ver em situações das quais não poderá se identificar com as emoções que delas surgirem. Você terá que ser neutro, entende? Neutro se quiser mesmo ajudar! E em uma e outra situação terá que aprender a fazer como os atores: enfrentar, mas não é de verdade; chorar, mas não é de verdade; expressar raiva, mas não é de verdade. Não se esqueça, não entre na trama na qual está atuando.

Joel ouvia tudo em silêncio, de alguma forma sabia que aquilo era para valer, alguma coisa do seu Ser atribuía credibilidade sobre as coisas que ouvia.

- Estou sendo didática com você, eu sei, mas é preciso, pois quando se é didático os desenhos das formas mentais são mais exatos. Portanto, meu querido amigo, você não está nessa posição que vai assumir por obra do acaso, foi preparado para isso desde o início.

- Início? Início do quê? – perguntou Joel.

- Início, somente!

"Vai notar sua desenvoltura e habilidade para comandar e organizar tudo. Você se lembrará de alguma coisa, como uma coisa vaga, da qual você não sabe bem o que é. Mas confie na sua intuição, pois, quando assumir e a coisa começar, só terá a ela para se apoiar. Nenhum cego poderá conduzir você, só Você! Entende o que estou tentando lhe dizer?".

- Acho que sim, mas me sinto estranho... Acho que vou vomitar.

Assim que Joel virou para o lado para vomitar, livrando os pés da moça bondosa daquele jorro quente e azedo, bateu com o rosto em um dos abajures e ficou ali entre o meio termo, nem acordado nem dormindo. Nisso, uma espécie de alarme familiar soava em algum lugar e parecia reverberar dentro de sua mente. Tentou imaginar o que seria e imediatamente se lembrou!

2022 O DIA CHEGOU
Afunilamento: inicial
Desertificação: Primeiro Módulo

O alarme de mensagens escolhido para a UCE no dispositivo de Joel disparou e estava escrito "Venha rápido, as mensagens estão chegando do mundo todo. Hiroshi".

Seguinte: "Cadê você? Mensagens do Japão e da Austrália indicam que já começou. Valéria".

Seguinte: "Mensagens chegando. Não consigo traduzi-las sozinha. Mande alguém. Mara".

"Importante. Joel, cuidado... têm uns caras estranhos vigiando a entrada pelo tapume. Dê um jeito e entre pelos fundos. Nickolas".

Imediatamente Joel deixa a sala e segue para a garagem. Veste o capacete preto-fosco e para antes de dar a partida na Shadow preta 400, permanecendo em silêncio por alguns instantes. Só aí se deu conta de que aquela casa estava localizada na região dos Jardins. Ela pertencia a um dos netos de uma família tradicional. Mauro Jorge havia nascido e morado nela até seu casamento com Baby, e finalmente se deu conta de que a Shadow preta 400 tinha sido a menina dos olhos de Mauro Jorge. Em seguida, retira o capacete, deixa a Shadow e assume a Hornet azul-claro 750, que no momento parecia ser sua, usando o capacete branco de rádio e comunicação. Aperta o controle para abrir o portão e sai adernando já para a esquerda, esticando o gás até próximo da Augusta usando apenas um leve cutucão no freio e já adernando novamente para a esquerda no sentido da Paulista. Fez algumas quebradas rápidas, usando um atalho para sair na Brigadeiro.

- Joel, é Hiroshi. Onde você está?

- Brigadeiro com Paulista. Relaxa, to chegando aí.

Há alguns metros da Paulista, abre o gás novamente e cruza a avenida combinando com o fechamento dos semáforos na sua rabeira. Desce a Brigadeiro sentido centro e logo observa os tais estranhos parados em suas Hornets bem em frente à UCE, cercada na frente com tapumes de uma antiga obra para supermercado embargada, depois colocada em espera e finalmente cedida para a UCE pelo filho de um dos donos que aderira às UCEs interligadas.

Seguindo a orientação de Nickolas, Joel passa por eles e segue para a entrada dos fundos, onde antes fora um pequeno pátio de carga e descarga.

Nickolas já o aguardava com o portão entreaberto. Joel passou e seguiu com a Hornet direto para o interior do prédio, descendo em seguida a porta de aço.

O salão era relativamente grande. Havia computadores e pessoal especializado. Havia também muitos voluntários credenciados. Cinco telões tela plana, uma para cada continente, se emolduravam nas paredes facilitando o pessoal da tradução. Havia tradutores hábeis para quase todo idioma. Joel tomava uma caneca de café, talvez pensando sobre o que faria a seguir.

- Muito bem – falou Joel, decido. – Ponham as mensagens vindas da Europa nessa tela aqui da frente. Deixe para a Oceania esta aqui do lado. E ponham nessa daqui as mensagens da América do Sul e do Norte. África e Ásia nas duas da direita. Vamos lá!

Joel organizava tudo com a maior desenvoltura de fato. Tinha uma equipe excelente e preparada para o que desse e viesse.

- Coloquem pra mim as mensagens do Japão e da Austrália, aqui na frente!

INICIANDO...

RECEBENDO...

RECEBIDO/ Uce/ Japão; marmota; Para; peixeboi; Brasil: 2022-Funil.1: o bicho começou a pegar. Tem gente seca nos presídios aos montões. Nas ruas, nos bares, em todo o lugar...

RECEBIDO/ Uce/ Austrália; cacatua; Para; peixeboi; Brasil: 2022-Funil.1: por aqui já começou. É o que se esperava: gente seca aos montões... Muita gritaria – gente louca, parentes inconformados... Acusações... um caos.

De repente, ouvem-se pancadas fortes na porta da frente.

- Silêncio – exclamou Joel.
- Abram essa porta! – uma voz estridente berrava do lado de fora.
Silêncio.
- Abram na boa, porque vamos entrar de qualquer jeito.
- O que é isso, alguém sabe? – perguntou Joel.
- São aqueles caras parados aí em frente – falou Hiroshi.
- Quem são esses caras, o que querem? – perguntou Joel.
- Vamos abrir e saber – disse Mara, sem mostrar preocupação.
- Estão aí desde ontem! – exclamou Nickolas.
- Alguém tem uma ideia? – perguntou Joel.
- Vamos abrir... Quem é a favor? – sugeriu Hiroshi.

Um por um foi levantando a mão.

- Então está decidido, vamos abrir! – exclamou Joel.

Seguiram todos juntos para a porta da frente, retiraram as trancas e abriram.

- Oi. – apresentou-se o que parecia o líder. – Meu nome é Alex, este é Jaime, esta é Celina e esta Aninha. O resto do pessoal ta com a gente também.

- Certo! O que vocês querem? – perguntou Joel

- Ta me estranhando, companheiro?

- Não, só perguntei o que vocês querem!

- Ta legal. Eu, ou melhor, nós todos aqui representamos a RRI, oficialmente.

- E o que é a RRI?

- Não, agora você ta me gosando!

- É sério, o que significa "RRI"?

Todos da RRI riram mas, logo em seguida Alex dá um sinal para pararem.

- RRI significa RADICAL REVOLUCIONÁRIA INTERNACIONAL – disse frisando cuidadosamente cada palavra.

- Está bem – falou Joel. – Em que podemos ajudá-los?

- Não, você não entendeu. A frase correta é: EM QUE NÓS PODEMOS AJUDAR VOCÊS!

Joel olha para seus companheiros e pergunta:

- Vocês precisam de alguma coisa?

Todos respondem a negativa com um "hum-hum"!

- Eu também não, companheiro. Agora nos deem licença que temos que trabalhar.

- Uces de merda, é isso que vocês são! – exclamou o que parecia o líder.

- Olha aqui...

- Olha aqui você, seu Joel de merda!

- Ah! Sabe meu nome...

- Seu nome e muito mais. Pensa que a RRI desconhece a intenção dessas suas Uces?

- Não sei, me diga você qual é a nossa intenção sobre sei lá o quê!

- Não se finja de desentendido, o cara! Ou a gente entra nessa participação de lucros ou vocês terão muita dor de cabeça pela frente!

- Mas do que está falando, que participação de lucro é essa? Lucro de quê?

- Ora, ora, ora, porra! Lucro de quê! Lucro do estímulo a proteção!

- Seja claro!

- Está bem, tudo pelo bom senso de uma parceria. Nós sabemos que vocês estão semeando o medo por todo o mundo, com isso vão provocar alguma confusão controlada, mas que ninguém sabe que é controlada. Essa foi inteligente! A população vai entrar em pânico e é aí que nós entramos.

-Vocês?

- Não! Nós, companheiro!

- "Entramos", o que você quer dizer com "é aí que nós entramos".

- Ah! Chegamos lá! Entramos oferecendo proteção, facilidades, corrupção legal e segura... Tem gente dos governos do mundo inteiro com a gente. Todos querem levar o seu! Vocês têm a tecnologia e pessoal especializado. Conseguem fazer tudo em tempo real como ninguém, nós sabemos! Mas não pense que vamos ficar de braços cruzados enquanto você e seu pessoal, espalhado por esse mundo todo, dá duro. Não! Nós entramos em ação no "front". Lá no pau! Nossa conversa no "front" é simples e curta: ou aceita o que oferecemos ou, então... aceita o que oferecemos! Entenderam? É dinheiro certo entrando todos os dias, pelo mundo todo! O que dizem?

Todos estão boquiabertos, olham para Joel e talvez não consigam pensar nada porque, na verdade, estão tomados pelo pânico.

- Olha – falou Joel, agora num tom bem amigável. – Eu realmente não sei o que dizer...

- Não se afobe, você tem... – e olhou para o rolex de ouro em seu punho direito, depois completou: - quarenta e dois segundos, agora.

- Senão?

- Peço a Aninha que dispare esse canhão na sua cara! O que diz?

- Bem, diante dessa pressão amigável, eu só tenho uma resposta.

- Me diga, eu quero ouvir o som, adoro o som de uma resposta amigável.

- Quer mesmo que eu fale?

- Claro! O som, lembra?

- Então lá vai, como é mesmo seu nome?

- Alex, mas só para os amigos.

- Minha resposta para o meu amigo é: vai tomar no cu, seu louco, filho da puta!

Alex realmente não sabia se havia entendido mal, foi tão abrupto e fora do comum para alguém que está prestes a tomar um tiro de pistola. Ele ficou ali aqueles segundos intermináveis, com aquelas palavras de humilhação reverberando em sua cabeça, se esbarrando e colidindo como imensos meteoritos no espaço. Tinha que pensar rápido, se organizar, afinal havia sido desmoralizado na frente do pessoal da RRI. Tentou pensar... Tentou articular alguma coisa... Tentou mexer os braços... Tentou abrir a boca para dar a ordem... e entrou no processo de desertificação.

Durante todo o momento de clima tenso, Joel se lembrava de um sonho que tivera com Maria, a mulher bondosa, no qual ela lhe pedia que se mantivesse neutro na trama que estivesse atuando. Que jamais se identificasse com as emoções que dela surgissem. Que agisse como os atores nas cenas: ódio, mas não de verdade. Raiva, mas não de verdade! E foi aí que sua intuição emergiu a toda. Pensou: "A situação é tensa e me parece sem saída. Esse tipo tem todas as características do primeiro módulo. Se eu conseguir com que ele se exalte o suficiente, sinta ódio o bastante para disparar seu processo de desertificação, estou salvo. Mas se eu estiver enganado, levo meu tiro na cara e volto quem sabe um dia!". Mas para que Joel chegasse a essa conclusão sua percepção havia trabalhado no campo paralelo ao campo da consciência primária, percebendo o temperamento, a personalidade e a rigidez interna de Alex. Tudo realizado no mesmo espaço-tempo, tanto pela consciência relativa, que está consciente do objeto fenomênico, quanto pela Consciência última, original, o sujeito que Observa a consciência que está consciente.

Esse processo (que não é um processo de modo algum, mas um estado de Ser) "funcionava" no piloto automático no sistema humano chamado Joel. Tudo que aprendera com seu professor espiritual Mooji, e visto, e revisto, e estudado, e praticado, e ouvido presente, não in-loco, mas presente, livre da menor possibilidade de comparação, assistido centenas de vezes cada Satsang (ou encontro profundo consigo mesmo) em particular, exercido passo a passo esse sistema de ética aplicada conscientemente, e finalmente acontecia, em si, a Meditação ou Despertar. Despertar é reconhecer o pensamento como ruído mental, não realidade. E Iluminação, é saber o que (O Quê) você é! Não (Quem), mas (O Quê) você É! (Quem) não existe essencialmente!

Alex agora estava encolerizado. Seu pescoço havia duplicado seu diâmetro e suas veias começavam a estourar (segundo as Visões, nada morria sem antes ter completado o processo de desertificação). Seu coração se acelerava cada vez mais que chegava a estalar as vértebras. Devia estar sentindo uma dor horrível. Em seguida, ajoelha-se no chão e tenta puxar com um tranco sua cabeça para cima, como se quisesse desenroscá-la do pescoço.

Todo joelho se dobrará a Deus, pensou Joel, pois os mansos herdarão a Terra!

Nisso, pessoas que já sabiam da localização da Uce na Brigadeiro, e isso não era segredo de ninguém, haviam se dirigido para lá para cobrarem satisfação e acharem um culpado para o infortúnio que sofreria a humanidade!

Joel olhou para Alex ajoelhado no chão e viu quando, usando talvez o último de suas forças, se levantou e deixou o local urrando e insistindo desinstalar a cabeça do pescoço.

- Quem pensa que são – alguém gritou lá de fora.

- Vocês viram o que eles fizeram com a aquele rapaz que saiu de lá quase louco?

- É verdade! Minha mamãe está muito mal ali em casa. Ela é tão boa, generosa com seus inquilinos, imaginem que cobra os mesmos juros bancários pelo seu dinheirinho emprestado, não pode estar passando por isso! Vocês devem ter soltado algum tipo de gás no ar. É por isso que essas pessoas estão ficando assim, com essa aparência de ameixa-seca.

- É verdade, eu vi no noticiário hoje de manhã, ta em todos os canais. Eles têm essas Uces no mundo todo para soltar esse tipo de gás e, depois, cobrar uma fortuna para quem quiser o antídoto, pensa que não sabemos?

- Vamos entrar e botar fogo em tudo!

Joel rapidamente se dirige ao homem (da-mamãe) e desafia-o ao entendimento.

- Você! É! Você! Se sua mamãe não tem matado ninguém, não tem assaltado ninguém, e não vem usando de subterfúgios para lucrar em detrimento dos mais fracos, diga a ela que não tem com que se preocupar. Mas uma coisa eu lhe digo: você não é responsável pela vida da sua "mamãe". Você é responsável por sua vida, apenas. Ninguém pode salvar ninguém, a não ser a própria pessoa. Abram-se ao Cristo e se arrependam, e perdoem! É só isso! Mas não a um tipo de cristo caminhando em algum céu, mas ao Cristo que existe moldado em você como sua própria consciência, como Você! Entendam de uma vez: Não existe uma vida humana, mas a Vida que é Deus! Só Ele existe!

- Tão vendo, é só medo! Onde já se viu falar que Jesus não anda no Céu? Onde já se viu falar que não existe uma vida humana? Se a vida não é humana, então o que ela é? Ova de peixe?

Todos riem e alguns batem nas costas do homem da-mamãe em sinal de aprovação.

Ouve-se o som das sirenes se aproximando e, logo em seguida, viaturas encostam e tentam dispersar a multidão, mas é acuada e sem muito que fazer. Viaturas chegam a todo instante de todas as direções. Cinco caminhões do batalhão de choque da polícia militar estacionam em diagonal nos arredores da Uce e descem já empurrando e sentando o pau nos que se mantinham na linha de frente. Meia hora depois o tumulto já estava sob controle. Como a imprensa do mundo todo se dirigiu para lá, batedores de elite do Prefeito e do Governador estacionavam abrindo espaço na multidão, que vaiava e aplaudia ao mesmo tempo. O governador sai do carro decidido e, passando pelos jornalistas pedindo licença, vai já falando com o dedo em riste na direção de Joel, seguido de perto pelo prefeito e pelo delegado da situação.

- Eu já aturei demais o senhor! – exclamou o governador. – Toda essa estória absurda de afunilamento e desertificação não passa de coincidência. Repito: Eu já aturei demais o senhor! Delegado, o senhor sabe o que fazer. Se isso aqui que eu estou vendo não é perturbação da ordem, eu não sei mais o que é!

- O senhor está preso! – exclamou o delegado, se posicionando para as câmeras.

- O senhor já viu o que vem ocorrendo no Japão e na Austrália? – perguntou Joel, ao governador.

- Sim, eu vi. Tenho certeza que se trata de algum vazamento nuclear. Esses tremores de terra devem ter ocasionado algum dano às usinas, é só isso!

De fato, haviam ocorridos vários tremores de terra nas últimas quarenta e oito horas naqueles países. Era a desculpa perfeita para aqueles que nem sabiam onde a Austrália ficava.

- Podem me prender! – exclamou Joel – Mas nada vai parar o que começou. Acha que sou eu, acha que tenho poder para isso? O senhor sabe muito bem que não! Eu só não entendo por que vocês políticos agem sempre iguais. Primeiro, negam e sobem pra cima do muro; depois, dão um jeito para saírem vitoriosos. Não vai haver vitória para ninguém dessa vez, governador. Não se trata de ganhar ou perder. Será que é tão difícil entender isso?

- Não quero mais conversa com o senhor, tenho mais o que fazer. Delegado!

- Eu exijo proteção para as pessoas desta Uce e para o local! – exclamou Joel, olhando para os jornalistas.

O governador para e volta até Joel.

- O senhor exige!

- Sim, senhor governador, exijo os meus direitos de pedir proteção para as pessoas desta Uce e para o local. Ou será que o que o senhor está presenciando aqui é somente perturbação da ordem da nossa parte e nada mais? É só isso que o senhor está vendo? Será que é só isso que os jornalistas do mundo inteiro também estão vendo? Então o que fazem essas pessoas aqui com pedaços de pau e tijolos nas mãos? Veja aquele louco ali com uma garrafa de querosene ou sei lá o que, nem mesmo se dá ao capricho de escondê-la!

- Hei! – gritou o homem do querosene. – Sou louco, não. Isso aqui é pra eu fazer a minha comida. Mas se bobear jogo tudo isso aí e boto fogo. Boto mesmo, seu anticristo! – e cospe no chão em sinal de repúdio.

Houve um instante mínimo de silêncio que foi rompido pelo estampido da voz do governador.

- É óbvio, senhor Joel, que tanto o local quanto os seus ocupantes ficarão sob a proteção policial. Três dias! É tempo suficiente para deixarem o local e irem para outro lugar. Não posso dispor dessa quantidade de homens por muito mais tempo. Mas o senhor vai para a cadeia prestar depoimento, e vai ficar lá até que seu advogado faça o que tem de ser feito!

Governador fala algo ao comandante, entra no automóvel e deixa rapidamente o local acompanhado do prefeito. Os batedores abrem caminho descendo a Brigadeiro e desaparecem atrás da multidão que permanecia em frente da Uce.

- Muito bem – falou o comandante. – Aquele que passar da faixa do meio pra cá, estará assinando sua sentença de otário! Sargento: de olho neles! Vou lá dentro falar com esses caras. Sei muito bem que foi uma farsa da parte do governador. O governador sabe tão bem quanto eu e você que esses caras falam a verdade. Esses bostas aí – e aponta para a multidão – nem sabem por que estão vivendo! Se passarem da faixa, desce a lenha neles sem dó. Volto daqui a pouco.

Já na delegacia, Joel assinava papéis, dava depoimentos, tudo sob as vistas do advogado da Uce Marcel de Moraes.

Marcel de Moraes sempre foi um advogado ativo nas causas justas ou perdidas, tanto uma quanto outra são sempre muito difíceis de ganhar. Por isso tem sido um treino duro sua vida inteira praticamente.

Uma das vezes em que atuou numa causa justa e perdida, ao mesmo tempo, foi quando os defensores das baleias do Barco Verde se meteram em uma enrascada daquelas, mas muito benéfica para as baleias e para o Planeta.

O Barco Verde estava ancorado em um desses países gelados e militares de ação franceses, em conivência, foram lá e simplesmente explodiram tudo, matando um de seus tripulantes, um brasileiro. Havia sido a primeira vez em que o Barco Verde perdera um dos seus para a morte. Nem mesmo as loucuras que pareciam impossíveis até então, nas quais os tripulantes do Barco Verde se jogavam contra os navios baleeiros japoneses, percorriam o mundo escalando e se amarrando às cordas presas aos navios, saltavam em ziguezague na frente da proa do tamanho que fosse o navio, nada parava esses caras lindos e loucos. Esses caras faziam loucuras deliciosas, dizia Marcel de Moraes sempre em suas entrevistas, que gente boa! Que gente deliciosa de se conviver, de se ter ao seu lado! Eram os Anjos das baleias! Os Anjos do Mar!

Antes da meia-noite Joel já estava de volta a Uce e se preparava para pilotar um pouco o Control System Vip.

Olhou para o lado e viu que sua roupa de couro de pilotagem da Hornet estava toda ralada no lado direito. Estranho, pensou, ele não havia caído um tombo sequer desde que comprara sua nova roupa azul e branca. Não, deve haver alguma explicação para isso. A não ser... Que a roupa fosse semelhante a sua, apenas. É... só pode ser isso! E voltou sua atenção para o Control System Vip que àquela hora exibia TEMPO DE ESPERA...2HS.

O que ocorreu foi que, na hora do tumulto, ao ver que a turma da RRI se retirava rápido do local com suas Hornets, Hiroshi pediu à Dora que vestisse a roupa do Joel e seguisse aquele pessoal e descobrisse onde estavam instalados. Dora é uma piloto experimentada profissionalmente. Afastada dos circuitos de competição por falta de patrocínio, se dedicava agora exclusivamente ao seu trabalho na Uce, fazendo traduções do alemão, italiano, e os dois idiomas falados no Canadá, o inglês, o francês e de quebra o idioma estilizado, digamos assim.

Tão logo deixaram o local, Dora colou neles à distância e intuiu que pegariam a 23 de maio em direção ao Aeroporto de Congonhas. Não deu outra. Dora tinha um faro afinado com sua intuição. Na altura da antiga TV Record, pouco antes de se chegar ao Congonhas, uma caçamba de lixo apareceu bem na sua frente, e, forçada abruptamente por um deles, foi jogada de encontro a esse objeto. Teria sido uma morte trágica, não fosse a habilidade de Dora, que com apenas uns estoques rápidos no freio e uma reduzida na marcha exatamente no ponto exato de derrapagem controlada, fazendo com que a Hornet deslizasse na frente e batesse sozinha contra a caçamba. Levantou-se rápido, conferiu se a moto ainda dava para ser pilotada, saltou pra cima do "cockpit", acionou a partida e retornou para a Uce, sem nenhum arranhão.

Exatamente vinte e quatro horas após a soltura de Joel, a qual fora anunciada ao mundo com um destaque de primeira página, a Uce se instalara em seu novo lugar, agora majestoso, envidraçado sobre um ar condicionado central, no 25º andar de uma sala completa com cabos de comunicação da sigla que se pensasse, na Avenida Paulista, na nata do poder da América Latina, cedido por um investidor da Bovespa – Bolsa de Valores do Estado de São Paulo – simpatizante das Uces. O prédio fornecia um variado leque de serviços, como: café da manhã, roupa lavada e passada, serviço de escolta, banho nos cães, passeio com os cães, levar e buscar filhos no colégio, serviço de entrega e coleta de documentos, tudo para facilitar a vida em um prédio de escritórios para executivos. Total dos custos para a Uce? Zero! Não havia quem não se simpatizasse com as Uces no mundo inteiro. Por quê? O que as Uces mobilizavam nas pessoas ao ponto de quererem ajudar cada vez mais? Sem um centavo do governo, porém concorridas palmo a palmo pelas empresas, que, a cada dia mais, elaboravam sofisticados projetos e disputavam o espaço para consolidarem suas imagens evidenciando sua preocupação com o Planeta e sua humanidade. Todas as "viaturas", uma de cada fabricante, foram cedidas pelas montadoras. O combustível era cedido por duas distribuidoras privadas. Pneus, peças em geral, tudo cedido pelas fábricas. Tudo que era arrecadado com os patrocínios era direcionado à tecnologia cada vez mais atualizada, aos salários, aos encargos sociais e ao plano de saúde empresarial. Por quê? Por que as Uces eram tão abem acolhidas no mundo inteiro? O que elas ofereciam, afinal? Para o mundo, praticamente nada! Mas compartilhavam algo impessoal, intransferível, universal, que não se podia vender... Porque estava sempre aqui, à disposição de quem quer que fosse: a Verdade! Não a verdade do mundo, mas a Verdade! As Uces compartilhavam Transparência!

Em todos os chamados das Uces, em toda sua programação, em toda sua grade de informação e divulgação, havia sempre lá a gota da Verdade! Como? Simples indicações sobre o conhecimento correto de Deus. Simples indicações sobre a abundância do Universo, que sendo abundante e ao mesmo tempo o próprio Deus, não poderia ser precário de forma alguma, deixando apenas uma via certa para Ele. Não! As Uces partilhavam com a humanidade as multivias para Deus, sua Misericórdia, sua Abundância, sua transparência!

OITO MESES DEPOIS

As Uces haviam se tornado um arquivo internacional de partilha, acolhendo de qualquer pessoa no mundo que quisesse mandar algum tipo de material. A todo instante chegava material para ser arquivado e partilhado com quem tivesse interesse. Tal material consistia de pasta por contexto, título e especificação. Tinha-se já material de todo interesse:

ARQUEOLOGIA . ANTROPOLOGIA . FILOSOFIA . ESOTERISMO . ESPIRITUALISMO . TAOISMO . ZEM BUDISMO . BUDISMO TIBETANO . HINDUISMO . MONISMO: ADVAITA VEDANTA . CATOLICISMO . PROTESTANTISMO . FÍSICA . FÍSICA QUÂNTICA .

UM ANO DEPOIS

As Uces haviam se tornado tão fundamentais para as empresas divulgarem seus projetos altruistas, que uma agenda, a chamada Agenda

Branca, fora criada para facilitar a inserção de cada projeto por um período pré-estabelecido. O patrocinador e seu projeto de cada Uce eram veiculados ao mesmo tempo em cada uma das Uces espalhadas pelo mundo. O sucesso foi tremendo que acabou gerando um sério problema para as Uces: o que fazer com tanto dinheiro entrando a todo o momento?

As Uces tinham um único princípio e esse princípio jamais seria adulterado, o de juntar o maná suficiente para aquele dia, somente. Caso contrário o maná apodreceria. Essa metáfora foi inspirada sabiamente no Livro do Êxodo da Bíblia, no qual quem se dispusesse a ajuntar mais do que o suficiente para aquele dia, para guardá-lo para o dia seguinte, o maná apodrecia. Havia que ter confiança em Deus e acreditar que seriam providos de acordo com cada dia.

A única saída genial foi: As Uces vão apoiar financeiramente: Obras Sociais, Obras de Caridade, Obras de Caráter e Empenhos Religiosos, Clausura e Mosteiros, Ongs e Fundações Independentes que não estejam ligadas a nenhum nome, sigla ou conotação política.

Não se trata, absolutamente, de caridade, mas de uma dívida para com os pobres, para com pessoas e locais de oração e reflexão em todo o mundo, que funcionam como o Ártico para as regiões mais quentes do Planeta, para com os missionários no "front que chora", para com as crianças que ainda choram no laguinho de dignidade que lhes deixaram. Uma dívida do mundo que agora através das Uces vai começar a ser paga, finalmente.

NOVE MESES MAIS TARDE

A Rússia.urso finalmente apoiou. Na ocasião da virada de 2021 para 2022, a Rússia.urso estava enfrentando uma situação delicada de roupa-suja por toda a vizinhança. O caos havia se estabelecido e não havia jeito que desse jeito. Foram tentadas várias negociações e nenhuma se ajustava ao gosto, ao temperamento e às necessidades de uma vizinhança agora tão discordante. Com a divulgação da fama das Uces em seu contexto espiritual pós-humanitário somente, esses países iniciaram uma reforma cordial exigindo em troca liberdade para manterem Centros de Força significando sua participação no apoio às Uces. Negócio fechado em duas semanas.

Já o caso do OrienteMédio.safira, a coisa permaneceu como estava mesmo, isto é, o Rei reinando em uma ordem nova na qual se podia agora reivindicar mudanças devidamente encaminhadas aos órgãos competentes.

E mais: passeatas pacíficas eram permitidas. Mas o uso da violência em lugares públicos seria considerado uma ofensa grave à família real.

Bem. O processo de desertificação do primeiro módulo, o dos assassinos, dos sequestradores, dos assaltantes, dos corruptos, havia exterminado vinte e cinco por cento da população mundial. De um percentual, digamos de sete bilhões de pessoas, dando um total aproximado de (1.750.000.000) um bilhão e setecentas e cinquenta milhões de pessoas mortas, simplesmente por não se renderem ao plano Divino do Universo. Nenhuma criança ou adolescente foi afetado. Compreende-se por adolescente, aqui, a margem de dezesseis anos. Porém os adolescentes ainda não estavam totalmente livres do processo. Haveria depois de um tempo o estigma da filtragem feito na consciência diretamente por uma Lei do Universo, que se baseia na centelha da dignidade. Assim, a Nova Consciência funcionando agora na dignidade pura não aceitaria nenhum subterfúgio ou desonestidade da parte dos adolescentes que achassem não precisasse levar assim tão sério.

2025
Afunilamento: meio
Desertificação: Segundo Módulo

Trazendo à memória. Dois quintos de sete bilhões ou (1.750.000.000) um bilhão e setecentos milhões de pessoas morreram no primeiro afunilamento. Havia ainda (5.250.000.000) cinco bilhões e duzentos e cinquenta milhões de pessoas vivas no Planeta, esse foi o montante que restou após o término do processo do módulo um. Então, dois quintos haviam se negado a se render. Mas ainda morreriam neste segundo módulo em todo o Planeta (1.837.500.000) um bilhão e oitocentos e trinta e sete milhões e quinhentas mil pessoas, três quintos do primeiro restante. É muita agente! Em porcentagem, havia mais gananciosos, estelionatários, caluniadores, adúlteros e ladrões do que assassinos, sequestradores, corruptos e assaltantes. Assim, vão restar para o Terceiro Módulo entre a opção morrer e sobreviver (3.412.500.000) três bilhões e quatrocentos e doze milhões e quintas mil pessoas. O Control System Vip chama esse tipo de cálculo de CHEIO ou COM GORDURA, porque não leva em conta o número de crianças e adolescentes que não seriam afetados.

O segundo módulo se iniciou dinâmico e quente como uma manhã de verão, jogando logo de cara no remoinho seletivo e desesperador os egos dos adúlteros, depois os dos estelionatários, depois os dos ladrões, depois os dos caluniadores e por fim os dos gananciosos.

As Uces registravam segundo a segundo e divulgavam essas ocorrências em tempo real. Geralmente, sempre que um módulo se inicia ele surge rápido descartando de imediato as pessoas que o processo já sabe que não tem a menor intenção de se render. No decorrer, as mortes vão se espaçando e uma e outra ali é registrada a cada cinco minutos em média.

O Horror era generalizado na cidade de Nova York, Detroit, São Paulo, Rio de Janeiro, Estocolmo, Cidade do México, Londres, Copenhague, Amsterdã, Bruxelas, Antuérpia, Budapeste, Buenos Aires, Berlim, Sidney, Brasília, Vancouver, Toronto, Paris, Las Vegas, Chicago, São Francisco, Atlantic City, Madri, Nova Deli, Hong Kong, Tóquio, Washington DC...

Todos esses lugares, todas aquelas pessoas exprimidas, sufocadas, aturdidas em sensações e desesperos de que tal coisa não podia estar acontecendo. Não! Deve ter sido alguma coisa que eu comi e me fez mal. Só pode ser um sonho, um pesadelo, não é real! Meu Deus, diz que não é real!

E as sensações mudavam a todo instante, percorriam partes diferentes do corpo. Abruptamente assumiam a laringe, depois desciam ao umbigo, seguiam para as costas e circulavam em descida aguda até os órgãos genitais que estouravam para dentro implodidos numa energia bestial, sem igual, para dizer o mínimo.

Ouviam-se choros de crianças nas ruas ao lado de pais alucinados, ressequidos, sem saber o que fazer ou a que se socorrer. Terrível lembrança para essas crianças que teriam que carregar essas imagens para o resto de suas vidas, assim como faziam hoje os adultos: vietnamitas, coreanos, albaneses, croatas e parte das avós e bisavós de Hiroshima. Poderia ter sido diferente, como um quintal de camomilas em um interior pacato, impassível em seu aroma fresco, se esses pais tivessem tido um pouco mais de atenção e cuidado com as coisas de Deus, ao invés de só se preocuparem com a expansão material, como disse uma vez Alexander Solzhenitsyn em Cambridge.

Solzhenitsyn ou Soljenítsin foi romancista, dramaturgo, historiador russo, e foi também de suas obras que o mundo tomou consciência sobre os Gulags, campos de trabalhos forçados espalhados pela chamada cortina de ferro na antiga União Soviética. De fato o feitio míope do ego não conhece limites. Pode tudo em detrimento dos mais fracos, pobres e oprimidos, nem sempre sem dó, mas faz diluindo o sentimento, se é que podemos chamá-lo assim, no oceano objetivo porém incontrolado de suas paixões – a meta, custe o que custar.

Havia dois mundos, sempre! Os que eram a favor e os que eram contra. Os que ganhavam e os que perdiam. Mas... e agora? Ainda há dois mundos, os que vão morrer e os que vão sobreviver! Não! O que vai partir e o que vai permanecer!

Joel se distraíra em seus devaneios e só se deu conta de que estava ausente ou perdido em pensamentos reflexivos ao notar o verde fosforescer piscando no monitor.

RECEBENDO...
RECEBENDO...

RECEBENDO...

RECEBIDO/ Uce/ EUA; águia; Para; peixeboi; Brasil: 2025-Funil.2: que estória é essa de os países todos deixarem os EUA comendo poeira, não somos nós o maior império capitalista, frio, cruel, duro... sanguinário, que já surgiu neste planetinha? Será que vai ser preciso um caos maior do que já está aqui para pularmos alguns pontinhos acima, na tabela? kkkKKK

Havia uma tabela sugerida pelos Estados Unidos na qual se colocaria escalas por ordem de caos físico, como abalos sísmicos, vulcões, tsunamis, furacões; caos emocional, como medo, descontrole e pânico, e caos branco, as mortes. A própria tabela se autoatualizava servindo-se de dados inseridos momento a momento em todas as Uces. Era uma tabela prioritária e séria, muito séria, mas as brincadeiras eram inevitáveis. Somente quando algum próximo e querido de alguém da Uces era atingido pelo processo, as brincadeiras não apareciam. Mas todos os integrantes das Uces concordavam com as brincadeiras a fim de aliviar o estresse. Joel aceita o convite e digita:

ENVIADO/ Uce/ Brasil; peixeboi; Para; águia; EUA: 2025-Funil.2: **pois é, São Paulo estava na frente, perdeu dois pontos e caiu para terceiro – Londres e Berlim assumiram os dois primeiros lugares – deve-se isso talvez ao falar pomposo dos londrinos e o ríspido "rat-rat" dos berlinenses. kkkKKK**

RECEBIDO/ Uce/ Itália; musa; Para; corvo; Inglaterra/ bier; Alemanha: 2025-Funil.2: ouviu isso, corvo – ouviu isso, bier – tem que comer porpeta, canelone, carpaccio e relaxar – capice? kkk

ESPERA... 28SEGs

Joel olhou no canto direito do monitor e viu que já eram 02:01 da manhã. Levantou-se e foi até o "front" do envidraçado e olhou o pouco movimento de carros e nenhuma pessoa que desse para se enxergar daquela altura. Parecia que o envidraçado flutuava sobre a Avenida Paulista, a nata do poder que jamais dormia. Como era reconfortante aquela visão panorâmica, pensou, a sensação era a de expansão da alma. Era como se a alma se expandisse além da Terra, seguindo... pelo espaço sem fronteiras... Dominus surgiu ao seu lado dizendo: "Lindo, não é? Digo, esse vazio silencioso todo pra você, inteiramente à sua disposição". Joel respondeu que sim e olhou para trás, para o pessoal nas mesas de rede do Control System Vip e-eu Dominus lhe falei: "Não, eles não estão nos vendo, tudo que notam no raio de sua percepção são alguns segundos do seu estar aqui, olhando a vista, porque quando surgi, na verdade não surgi, mas puxei você para uma dimensão paralela. Mas o sonho é seu. Se você deseja que eles vejam você, eles veem você. Se não, não veem.

- Isso quer dizer que estou nas duas dimensões ao mesmo tempo!

- Exato! Esse entra e sai nos dá uma liberdade incrível.

- Tenho pensado... – falou Joel, baixo e pensativo. – Ou melhor, tenho sentido esses dias uma coisa em mim, aqui dentro, sabe, que não consigo saber o que é. Acha que consegue me dizer?

- Já lhe disse isso antes e vou tornar a repetir – falou Dominus. – Pare de tentar entender. Solte-se! Confie que algo está mudando aí dentro e Aquilo que é responsável pela mudança sabe o que está fazendo, isto é, sabe se cuidar! É inteligente, consciente. Conhece aquela ideia de que Deus já atingiu a maioridade de sua plenitude? Então, Deus sabe se cuidar! Confie!

- Eu já não sei mais o que é sonho ou realidade. Acordei assim que tudo começou ou continuo sonhando e tudo é parte do meu sonho?

- Isso começou a te incomodar, não é? É a pressão da Consciência para que você acorde, no sentido mais amplo que possa imaginar.

- Entendi! Acordar do sonho não do qual estou sonhando, mas do sonho do qual não sou eu que estou sonhando, mas o ego!

- Exatamente! Suponhamos que você não estivesse sonhando e que essa fosse a realidade comum, relativa, por assim dizer, a realidade normal do mundo: finais de campeonatos, o sobe e desce das bolsas de valores, comer, dormir, fazer sexo, cagar!

- E limpar a bunda!

- Principalmente, sem se esquecer de limpar a bunda!

Rimos por um segundo ou dois e ficamos um pouco em silêncio, olhando as luzes brancas que vinham e as vermelhas que seguiam e se distanciam do nosso ângulo de visão. Não sei qual das duas luzes dava mais a sensação de se estar em uma vidinha chuvosa, úmida, mofada, ensopada, tendo que voltar para casa, talvez com aquela náusea que não desgruda, tomar banho em silêncio, dormir quem sabe de costas para o outro, acordar cedo e enfrentar tudo novamente.

- Sísifo! – exclamou Dominus.

- O que? – perguntou Joel, sem entender direito o que Dominus pretendia.

- Sísifo! – insistiu. – Lembra? Albert Camus! Camus!

- Ah! Sim! Sei! Claro! Como poderia me esquecer desse Argelino mais francês do que a própria França. Mais Humphrey Bogart do que Humphrey Bogart em Casablanca!

- Sei por que está dizendo isso – comentou Dominus. – Aquela foto no frio úmido daquele dia, todo encapotado e aquele cigarro no canto da boca. Tem razão – riu Dominus, percebendo a alusão –, parecia mesmo o Humphrey Bogart no seu melhor estilo.

- Mas por que tocou nisso agora, "Sísifo", não entendi – falou Joel.

- Outro modo de Despertar, simplesmente! Você pode soltar a imensa pedra que empurra penhasco acima Agora mesmo. Quem lhe obriga a carregá-la senão seu ego? Mesmo que consiga rolá-la até seu topo, ainda assim será uma ilusão, porque esta vida é uma ilusão do ponto de vista do Ser. Claro, ela parece real e é real do ponto de vista relativo do ego, porque você tem que pagar as contas e tudo o mais. Mas Despertar não significa deixar de cumprir as Leis deste Planeta, como cozer os alimentos duros, comê-los e depois defecá-los. Não, não é isso! Não pode nunca ser um subterfúgio, uma fuga porque está deprimido e com o saco cheio de tudo e quer levar com você o máximo que puder, então sai e compra um rifle, vai até o local determinado e dispara a esmo em todo mundo. Não é isso, definitivamente! Mas é fazer tudo fora do ego, afastado desse servo inconsciente, desse estômago enorme com uma boca que só dá para um grão de arroz de cada vez, percebe? O ego, definitivamente, precisa DEIXAR DE SER SENHOR para assumir o seu verdadeiro papel senão o de servo, e muito bom servo, a melhor ferramenta que a evolução da consciência ajeitou lá nos primórdios, quando o homem talvez deixando as cavernas à noite e se reunindo em volta da nova tecnologia, o fogo, começou a perceber essa "entidade" se apresentando como pensamentos.

- Então a humanidade pode ter esperança de fato, a "síndrome" de Sísifo tem cura!

- Foi o que eu disse!

- Então Sartre...

- Sartre deixou uma roupagem de cura para "O Despertar", paradoxalmente falando, apenas que em livros mais vultosos. Mas não vou falar sobre isso! Você não é desapegado o bastante para deixar a ideia que faz de Sartre, que é ilusória, para ver Sartre puro, sem lhe aplicar nenhum rótulo, conceito, julgamento, mas puro mesmo, escoado, livre. To indo nessa!

Joel ficou ali por mais alguns segundos... Depois seguiu até a copa se servir de uma boa caneca de capuchino com biscoitos. Voltou e sentou novamente e olhou a tela do Control System Vip e o sinal verde fosforescente repetia intermitente:

ESPERA... 12MIN

Na virada de 2021 para 2022, época em que as embaixadas se articulavam entre si e se ajustavam para burlar todos os procedimentos legais, eximindo os governos de qualquer responsabilidade, um fato interessante surgiu e logo se espalhou entre as Uces. Na véspera do acionamento de todos os Centros de Força, espalhados já por todo o Planeta, atrelados à Força no deserto do Atacama, uma das embaixadas enfrentou o mais terrível de seus problemas habituais: a força da superstição.

Era domingo e chovia muito. Robert Steen atravessou a Rua da Embaixada e caminhou alguns passos até o mercadinho próximo dali. Ao entrar deparou-se com a mais cômica das cenas para um domingo chuvoso logo pela manhã, no qual o cérebro ainda estava lento e os movimentos corporais pareciam atender ao comando dos neurônios alguns segundos mais tarde. Ficou ali assistindo a tudo sem se pronunciar, apenas observava as reações das pessoas cujo envolvimento delas as deixasse em espasmos que iam de um simples horror a um tremendo e exaustivo estresse. Tudo por causa de uma lei sugerida pelas Províncias, a de que toda arrecadação tributária ficaria nas Províncias e o governo federal se obrigaria ainda a um subsídio do mesmo valor para a pecuária e para agricultura. Não sei exatamente do que se trata, pensou Robert Steen, e nem mesmo se isso é possível, mas tratando-se de políticos na política tudo podia ser possível dentro do imprevisível.

Do que se tratasse, na verdade, não era relevante de modo algum, disse Robert Steen para si mesmo, afinal aquele país não era o dele e ele estava pouco se importando. No entanto, o que o deixava enojado era a disposição das pessoas defenderem suas ideias como se elas fossem realmente verdadeiras ou dignas de serem defendidas, e usavam de subterfúgios e argumentos dos quais nem elas próprias acreditavam. Ô! raça desgraçada é o ser humano, pensou, tem mais que ser extinta mesmo!

Tomara que esse afunilamento seja mesmo verdade e acabe logo com tudo, assim talvez o que sobrar inicie diferente de tudo que ruiu e desapareceu!

Não demorou muito e o exército apareceu cercando todo o local. Três oficiais entraram, seguidos por cinco comandados, e se dispuseram a falar.

- Qualquer reunião a partir de agora sofrerá consequências aos envolvidos. Os governos das Províncias...

O chão começou com leves tremores e tudo começou a voar sob um vento de quase duzentos quilômetros por hora. Um minuto e meio levou tudo isso, mas foi o suficiente para esvaziar a loja enquanto todos corriam de volta à suas casas.

Robert Steen ainda pegou o que fora comprar: cigarros, e retornou a passos largos, atravessou a Rua deserta, digitou o código e se embrenhou rápido para dentro da Embaixada.

Cinco minutos depois, Robert Steen deixava novamente o prédio da Embaixada, uma casa grande, ajardinada, com portões e grades de ferro, e seguia de automóvel com mais três ocupantes para as imediações do Aeroporto. Estacionaram o automóvel em uma Rua qualquer e seguiram a pé dois quarteirões acima. Chegaram ao local, um galpão de carga e descarga, e, sacando de suas credenciais, seguiram para o seu interior. Cinco minutos depois saiam carregando quatro pacotes, desceram a Rua até o automóvel e retornaram à Embaixada.

Robert Steen e seus companheiros não sabiam que estavam sendo seguidos por um automóvel não oficial e foram surpreendidos no portão da Embaixada. Robert Steen desce do carro e se declara categoricamente em terreno fora das leis daquele país, e que de modo algum seria obrigado a se identificar ou qualquer outra besteira do tipo. Nem bem acabara de falar e um tapa dado por trás por um subordinado o fizera dar alguns passos e se agarrar ao portão para não cair.

- Vocês estão loucos ou o quê! – exclamou Robert Steen, encarando o baixinho que lhe desferiu o tapa. – Sou o oficial assistente direto do Embaixador sobre assuntos internacionais. Não vou levar em conta esse tapa, mas ou dão o fora agora ou ponho todas as prerrogativas da Embaixada no encalço de vocês. O que decidem?

- Olha aqui seu oficial de merda – falou o que parecia ser de alta patente. – Ou dividem com a gente o que pegaram lá no galpão...

- Deve ser contrabando dos bons – argumentou o baixinho. – Embaixada, já viu.

- Vocês querem a metade, é isso – falou John Mel, um dos companheiros de Robert Steen. – Então, Bob, porque não dá a metade a eles e acabamos logo com isso! Ta frio e ainda por cima está chovendo.

- Está bem – disse Robert Steen. – Vocês querem a metade, podem levar. Mas só a metade, nem um pouco a mais.

- Nos dê essas duas caixas – falou o oficial. – E isso nunca aconteceu!

- Muito bem, essas duas caixas. Mas não vão conferir? Saber o que tem dentro? Por que não abrem, porque não vamos aceitar de volta depois!

- Ta bem, o que tem aí?

- Vírus!

- Vírus?

- É! Vírus! De malária! – acentuou Robert Steen.

- Foi interceptado e estamos trazendo para a Embaixada – falou John Mel.

- Merda – exclamou o baixinho. – Se for isso mesmo não quero nem tocar nessas caixas.

- Não, podem tocar, não há perigo se você nunca pegou gripe. Estão embalados a vácuo em potes de plástico. Vou abrir, olha...

- Não, não! Acreditamos em vocês! E... para mantermos a boa vizinhança, isso nunca aconteceu!

- Nunca aconteceu, tem minha palavra – acrescentou Robert Steen.

Ao entrarem no carro ouviu-se a voz do oficial falando ao baixinho: "Você e sua ideia sensacional quase nos mete numa furada sem volta. Vê se da outra vez não se esquece de verificar tudo mesmo, ouviu?

Já dentro da Embaixada, Robert Steen relatava ao Embaixador o ocorrido.

- Que país de merda, que gentinha de merda! E tudo por causa de algumas ampolas de insulina. País de merda! – exclamou o Embaixador.

- País de merda – acrescentou Robert Steen.

- Temos um assunto delicado a tratar – falou o Embaixador.

- Acho que sei: os Centros de Força!

- Temos que virar o jogo ainda esta manhã. Chame todo mundo. Vou terminar de tomar o meu café. E peça ao Clark e a Sara que levem essas insulinas para as Irmãs da Clausura. A outra metade é para deixar no Orfanato da Colina. Agora!

- Sim, senhor, agora mesmo.

Meia hora depois e o salão de reuniões extraordinárias já se encontrava repleto. Estavam lá o Governador e o Prefeito, além de auxiliares e secretários de imprensa.

- Muito bem – iniciou o Embaixador. – Vou ser curto e grosso: O que está pegando na porra da pauta dos senhores que ainda não se mostraram a favor?

- O que pensa que é para falar assim – argumentou o Governador.

- E por que acha que devemos apoiar essas Uces e esses Centros de Força? Só porque o seu país acha que devemos? Por quê? Nem sabemos se isso é de fato verdade, oras! – exclamou o Prefeito, em tom de desafio.

- E por que os senhores não querem? Qual o problema?

- Não há... problema... Não... Não há problema – falou o Governador, vacilando nas palavras.

O Embaixador olha para Robert Steen, depois para John Mel que dispara o código como numa rodada de truco, que diz: problema dos grandes!

- Ok! – exclamou o Embaixador. – Vamos ajudar, do que precisam?

O Governador e o Prefeito se entreolham, apenas.

- Seria por um acaso algo a ver com...

- Seria – interrompeu o Prefeito.

- Mas não podemos exigir que façam sem nós! – exclamou o governador.

- E quem são, exatamente, esses "sem nós"? – perguntou o Embaixador.

- Eu, o Governador e o Presidente – falou o Prefeito.

- "Quem" façam "o quê"? – perguntou Robert Steen.

- O povo, oras, quem mais? – disse o Governador.

- E façam o quê? – insistiu o Embaixador.

- Como assim, as implicações nos Centros de Força!

- Do que eles estão falando, sabem alguma coisa que eu não sei? – perguntou o Embaixador, olhando para Robert Steen e John Mel. Eles se entreolham e com um gesto corporal característico do ser humano disseram não saber nada a respeito do que estavam falando.

Um silêncio se implantou ali, o Embaixador precisava de um minuto de tempo para organizar sua próxima e providencial pergunta. Olhar rápido e distante, anotações, o ajeitar-se nas poltronas, o ar que era puxado na tentativa de refrescar os miolos de todos ali...

- Ok! – irrompeu o Embaixador. – O que o povo faça, que faça!

O Governador e o Prefeito se levantaram súbitos.

- Desculpe, embaixador – Falou o Governador –, ou o senhor não sabe o que está falando ou não tem o menor respeito pelo nosso país! – E se sentaram novamente.

- Sou sincero em dizer que preferia estar em outro país, e sou honesto para admitir que não sei do que os senhores estão a meia hora tentando me dizer e nunca dizem!!!

- Então eu vou ser claro! Esse povo tem uma tradição que fala que nos finais dos tempos – isso é o que eles pensam – toda autoridade sendo católica batizada e crismada: Prefeito, Governador, Presidente, deve se sentar junto com o povo, e caso isso não ocorra, a autoridade que se opor deverá se oferecer em sacrifício. E pode escolher entre permanecer um dia e uma noite dependurado de cabeça para baixo ou ceder um de seus rins para o sacrifício.

- Eu não faria isso nem que me matassem! –exclamou o Prefeito.

- Entende nossa situação. Uma revolta religiosa, no atual momento por que passa o descontrole humano, é tudo que queremos evitar – falou o Governador.

- Nós temos mais o que fazer do que se sentar dias, semanas, meses...

- E eu só tenho um rim, não posso dispor do outro. E ficar um dia inteiro de cabeça para baixo está fora de questão também! – exclamou o Governador.

- Calma – falou o Embaixador. – Vamos achar uma solução.

- Adão e Eva – falou o Prefeito.

- Sei! – respondeu o Embaixador. – E...

- Eva forçou Adão a comer a maça...

- E deu no que deu – completou o Governador.

- Já entendi. Qual a religião dos senhores?

- Protestante a partir de hoje! – disse o Governador.

- E eu não fui crismado, portanto sou protestante! – falou o Prefeito.

- Ok! Fica esclarecido que ninguém que não seja católico e crismado de acordo com os preceitos da Igreja de Roma pode se sentar nos Centros de Força deste país. Que isso saia na imprensa ainda hoje, um extra! O Presidente é de tradição judaica, portanto não é cristão nem católico, está resolvido!

A reunião foi encerrada e rapidamente a sala foi esvaziada. Desceram para o salão social e lá abriram alguns Champanhes. Descia suave como água disputada em um oásis. E estavam felizes como crianças em férias, livres das provas finais.

A superstição pode sustentar uma tradição por muitas eras, mas impede que se veja a verdade e se lute por ela de muitas maneias, por vários caminhos – pensou Joel. Ok! Vamos dar uma olhadinha na tabela – disse para si mesmo.

DISPONIBILIZANDO TABELA...

TABELA ACEITA...

CAOS BRANCO...

MORTES POR DESERTIFICAÇÃO...

- Vejamos... Nossa! A capital de Honduras, Tegucigalpa, disparou na frente de todo mundo em mortes por desertificação... Cidade do México vem em segundo... Londres em terceiro... Berlim em quarto... Nova York em quinto... São Paulo em sexto... Alagoas, Maranhão e Espírito Santo empatados em sétimo... Hong Kong em oitavo... Sidney em nono... Florianópolis em décimo... Belo Horizonte em décimo primeiro...

ESCALA POR CAOS FÍSICO...

TERREMOTOS...

RECEBENDO...

CIDADE DO MÉXICO - MÉXICO / TEGUCIGALPA - HONDURAS / TÓKIO - JAPÃO / FLORIANÓPOLIS - BRASIL /

VULCÕES ATIVADOS...

RECEBENDO...

– ITÁLIA / –

FILIPINAS / –

CHILE / ███████████ – EUA / ███████ – COSTA RICA /

FURACÕES... TORNADOS... CICLONES... TUFÕES...
RECEBENDO...

TEXAS, ARKANSAS, OKLAHOMA, MISSOURI, COLORADO – EUA / MAYON, ALBAY, BICOL – FILIPINAS / FLORIANÓPOLIS – BRASIL/ SIDNEY – AUSTRÁLIA /

TSUNAMIS...
RECEBENDO...

CIDADE – INDONÉSIA / CIDADE – FILIPINAS / RIO DE JANEIRO – BRASIL / CIDADE – AUSTRÁLIA / FLORIANÓPOLIS – BRASIL / CIDADE – NOVA ZELÂNDIA / CIDADE – CHILE / CIDADE – EQUADOR / CIDADE – COLÔMBIA / CIDADE – PERU / CIDADE – HAVAÍ / TÓKIO, FUKUSHIMA, SENDAI, KAMAICHI, ISOGO, YOKOHAMA - JAPÃO /

ESCALA POR CAOS EMOCIONAL...
MEDO / DESCONTROLE / PÂNICO...

São Paulo – Brasil / Milão – Itália / Madri, Barcelona e Andaluzia - Espanha / Porto - Portugal / Paris – França / Sidney – Austrália / Buenos Aires – Argentina/... São Francisco, Atlantic City, Las Vegas, Detroit, Chicago – EUA / Cidade do México – México / Tegucigalpa – Honduras / Assunção – Paraguai / Caracas – Venezuela / Toronto – Canadá / Estocolmo – Suécia / Amsterdã – Holanda / Copenhagen – Dinamarca /

O cansaço havia tomado seu lugar definitivamente. Joel olhou para o relógio, no canto esquerdo do monitor, e já marcava 02:01-am. Levantou-se e foi até o "front" do envidraçado e espreguiçava refletindo todo o ocorrido do dia. As Uces trabalharam muito o dia todo, recebendo arquivos de material enviado para catalogação, repassando informações em tempo real para a mídia, dando suporte tecnológico às empresas parceiras que se viam perdidas em meio a tantas solicitações, transferindo recursos às Instituições Filantrópicas e, para completar o quadro não menos apertado, atendendo aos telefonemas do pessoal dos governos solicitando o envio de tabelas reais.

2028
Afunilamento: Final
Desertificação: Terceiro Módulo

Nesse período de implantação da Nova Consciência, nenhuma mulher conseguiu engravidar, tentasse o que tentasse. Não se sabe diretamente a razão, mas se pode perfeitamente imaginar e fazer alguma aposta sem compromisso algum com a verdade. Intuindo, se o feto não corresse o risco de ser afetado por um estado de consciência grosseiro, portanto extinto pelo processo do afunilamento, não haveria impedimento algum, provavelmente. No entanto, como não houve nenhuma concepção durante esse período de seis anos de purificação, a chance de um estado grosseiro de consciência ou espírito inconsciente viesse em intromissão podia não ser assim tão remota, e o Universo resolveu, então, cortar o mal pela raiz não concedendo o risco.

O afunilamento do segundo módulo levou consigo 35% do primeiro restante, ou seja, (1.837.500.000) um bilhão, oitocentos e trinta e sete milhões e quinhentas mil pessoas, restando para o afunilamento do terceiro módulo (3.412.500.000) três bilhões e quatrocentos e doze milhões e quinhentas mil pessoas, das quais 25%, (853.125.000) oitocentos e cinquenta e três milhões e cento e vinte mil pessoas não suportariam a triagem psíquica, emocional, espiritual.

Em porcentagem, ficava claro que a porcentagem de assassinos, sequestradores, corruptos e assaltantes era a mesma 25% das dos "mais bonzinhos": julgadores, mentirosos, estelionatários, como também os de língua solta e os de língua afiada.

A observação a ser feita agora é a mesma em conteúdo, feita já anteriormente aos estigmas do primeiro módulo: assassinos, sequestradores, corruptos e assaltantes, a seguir:

[O tipo dessa densidade energética – segundo fonte de pesquisa realizada pelas UCEs/ Unidades de Ciência e Espiritualidade da Alemanha e França – se assemelha à densidade concentrada nos detritos nuclear. Esse documento fala de densidade energética – diferente de aspecto humano. Pode-se verificar no documento a observação que diz: "Densidade diabólica que altera a rota das células, exilando-as em um curso desgovernado"]

E pensar que se cobrasse dos corruptos uma ética não perecível, disse Joel para si mesmo, enquanto os "mais bonzinhos" se achassem éticos no seu direito de "éticos" de exigir ética. A ética não se limita somente à corrupção esbanjada, externalizada, ora bolas, disse Joel em voz alta, mas, principalmente, à corrupção da alma, porque é esta que vai levar a humanidade ao estado de Ser sem-tempo ou eterno – o chamado céu dos cristãos. Sem esse estado ético de alma – ou Sobre Alma, como R. W. Emerson já salientava lá nos primórdios – não é possível nada ao homem que seja perene. Restam-lhe apenas ilusões perecíveis.

Dia claro! Manhã cheia! – falava a voz na FM. Cadáveres se amontoam nos arredores da Avenida Paulista, a nata do poder econômico da América Latina...

Não havia cheiro algum senão uma suave mescla de alecrim com pó de serra. Sem as bactérias mal cheirosas, não havia decomposição dos elementos. Eram cadáveres ressequidos, sequinhos como aqueles répteis-remédios vendidos nas feiras em boa parte da Ásia. Alguns lembravam bonecos amassados feitos com papel machê. Esse fato era observado pelas Uces em todo o Planeta: "Todos se parecem com bonecos de papal machê".

É claro, muitos parentes dos integrantes das Uces: irmãos, pai, mãe, sobrinhos, filhos, ou já haviam passado ou estavam nessas últimas coletas de corpos ressequidos. A diferença entre aceitar e resistir tinha sua âncora fincada no que era vital, portanto a única coisa que valia a pena e era necessária, incontornável – a evolução da consciência para Espírito consciente. Não se estava em peregrinação por este Planeta (somente para comer, fazer sexo, cagar... ou para as necessidades de um ego desgovernado) senão para a realização total do Self – ou Consciência.0

O "front" do envidraçado estava concorrido a essa hora da manhã, por volta de 11. Era difícil disputar um lugar ali de onde se via caminhões da Defesa Civil e Prefeitura na captura de corpos e limpeza do local. Na tarde anterior, uma quantidade insana de corpos, fora depositada sob o espaço aberto do MASP, lembrando o genocídio judeu. No parque do Trianon, outra quantidade semelhante aguardava silenciosa pelo deu destino, os cemitérios coletivos criados em toda a Grande São Paulo.

Isso seguia pela Consolação, Ipiranga, São João e centro de São Paulo. Zonas: Leste, Oeste, Sul e Norte. Era assim em todas as cidades do Planeta.

Joel deixou o "front" e foi sentar-se em frente ao monitor do Control System Vip. Uma mensagem intermitente piscava num verde fluorescente, que dizia:

ESCALA RECENTE DE MAPAS...

Joel deu o comando e aguardou.

COMANDO ACEITO...

RECEBENDO...

MAPAS DE SATÉLITES DE LOCAIS MAIS ATINGIDOS

COMANDO ACEITO...

RECEBENDO MAPAS...

ÁSIA / ÁFRICA / OCEANIA / EUROPA / AMÉRICA DO NORTE E AMÉRICA DO SUL

Joel não desejava abrir esses mapas, não nesse momento. Talvez deixasse para depois... Talvez se entregasse ao ar leniente que comovia o envidraçado, aqueles cadáveres todos lá embaixo. Outro fato o deixara ainda mais pesaroso, soube a notícia sobre as perdas que Vermon Hay tivera: sua esposa, Vivian Hay, e seu pai, naturalizado canadense por opção desde que se casara com a mãe de Vermon Hay, Waine Walter Hay – o último ateu, como ele mesmo se autodenomiva.

Uma pergunta ficara no ar então, como uma Mulher como Vivian Hay pudesse não ultrapassar o afunilamento. Era uma mulher dedicada, desde o início esteve ao lado de Vermon Hay e dos projetos para as Uces, participando de tudo ativamente e se tornou uma das maiores guerreiras das Uces. Então, como uma mulher dessas é barrada pelo afunilamento?

Joel tinha uma intuição devastadora! Joel não sabia exatamente o quê, mas sabia que o motivo de Vivian Hay não ter vencido o afunilamento estava atado, enroscado, vinculado a um processo emocional profundo do qual Vivian Hay não conseguira se libertar a tempo.

Vermon Hay era um homem sensível, culto, profundo, extremamente hábil no uso de sua inteligência. Sabia que reflexões do tipo das de Joel estavam sendo formuladas e, necessariamente, não precisaria ser alguém muito capaz para se chegar a uma conclusão bastante próxima. Mandou um e-mail a todas as Uces dizendo que lhe dessem algum tempo para que tivesse em condições emocionais favoráveis para poder explicar o que realmente houve com sua mulher Vivian Hay.

Vermont Hay foi o primeiro parceiro que Joel encontrou através de uma negociação de comércio exterior na empresa em que Joel trabalhava. Não houve tempo nem de explicar direito a ideia sobre as Uces e Vermon Hay já se colocava inteiramente à disposição, dizendo que há tempos vinha cogitando esse sentido emergido do fundo de sua alma, uma vontade imensa, quase que incontrolável de participar de um projeto universal.

- Sem problemas – falou Vermon Hay. – Conheço gente pelo mundo todo que anseia por um projeto desses. Isso já é concreto, pode apostar! Posso cuidar também da parte legal da implantação das Uces. Dê-me um ou dois dias e mando para você a lista completa do pessoal que deverá integrar o quadro das Uces.

- Então eu aguardo – falou Joel. – Outro pra você, meu amigo.

Dois dias depois, exatamente, Vermon Hay enviava uma lista concreta dos nomes já credenciados, com e-mail, celular, cidade, estado e país em que essas pessoas moravam. De cara, eram quinze países. Um início e tanto, pensou Joel ao agradecer, Obrigado, Pai, por ter me aparecido na figura de Vermon Hay! Amém.

Dois meses depois nascia as primeiras Uces espalhando-se rápidas pelo Planeta inteiro.

O e-mail de Vermon Hay acabara de chegar, trazendo no "Assunto: O motivo de Vivian Hay não ter conseguido".

Amigos,

Vivian Hay tinha por volta de dez anos de idade, portanto uma garotinha cheia de sonhos e muita esperança no ser humano, e não sabia que seu pai desenvolvera a doença da pedofilia. Ao ser abusada algumas vezes, guardou segredo até seus quinze anos...

Eu soube dessa história, por ela própria, assim que nosso namoro se encaminhou para um relacionamento estável.

Vou omitir os meus sentimentos a esse respeito senão que tive vontade de matar o velho Tom. Tom acabou morrendo logo em seguida, despencando alcoolizado do andaime da construção. Tom era bom no que fazia no ramo da construção, mas não era perfeito, assim como nenhum de nós é, tinha vícios além do álcool, o de abusar de garotinhas.

Nem mesmo todos esses anos de análise foram capazes de livrar Vivian de seu pesadelo interno. Algo dentro dela havia-se implodido para sempre. Nem todas as meninas ou meninos que passam por esse desastre emocional têm dificuldades para se libertar, não facilmente é claro, mas com o devido acompanhamento profissional, espiritual recebem o insight do perdão e a cura acontece. Eu não sei dizer o que estabelece a diferença ao tratar com essas emoções, mas sei que essas diferenças existem com algum nome lá dentro, em todos nós.

Obrigado por me ouvirem. Amo todos vocês. Beijo grande a todos.

A você também, meu amigo, pensou Joel, alçado em um suspiro alentador. Preciso apresentar Vermon Hay ao Marcel de Moraes, o advogado das causas justas e perdidas. Ainda não conheci pessoas mais incríveis do que esses dois.

- Joel – falou Hiroshi –, linha um. Baby!

- Oi, Baby, é Joel. Você está bem?

"Joel, você precisa vir rápido. Achei outro diário de Mauro Jorge. Estava aqui retirando as coisas de uma caixa. Vem pra cá agora. E não estou bem, depois eu explico. To esperando você!".

Depois da morte de Mauro Jorge, Baby vendou o apartamento gigante e se mudou para um Apart Hotel e agora para um dois quartos recém-construído na Giovanni Gronchi, Morumbi. Assim que Joel saiu do elevador, Baby já o aguardava no holl com a porta entreaberta.

- Estou aqui – falou Baby –, foi difícil de encontrar?

- Nada! Com o GPS São Paulo virou uma vila do interior. Como você vai, minha querida?

- Nada bem. Vem, entra.

- Você me assustou com o seu telefonema. Que história é essa de um novo diário?

- Eu não sabia, acabei achando ele nessa bagunça da mudança. Terminei de lê-lo por volta das quatro da madrugada. Dormi um pouco e quando acordei liguei pra você. Não sei nem como começar a contar pra você.

- Do início.

- Não quer um café, acabei de fazê-lo?

- Eu pego, você fala!

- Então!

Enquanto Baby falava, notei que havia marcas em seu pescoço, testa e nas costas de suas mãos. Não eram marcas que eu já tivesse visto, mas marcas que eu havia lido num relatório vindo da Antuérpia, ou melhor, Bélgica.atomium.Para.Uces.zero_14;16_98:, no qual descrevia certas erupções na pele possíveis de se tratarem do afunilamento do terceiro módulo em processo. Isso atrapalhou um pouco o meu ouvir sobre o que Baby falava. No entanto, uma coisa ficou bem evidente, a alusão da Segunda Guerra Mundial ao que estava acontecendo no mundo agora.

- Um momento! O que a Segunda Guerra Mundial tem haver com o afunilamento?

- Não propriamente a guerra, mas os oficiais, os soldados, a juventude hitlerista e todos os aliados da Alemanha de Hitler. Você tem que ler, porque falando assim parece absurdo!

- Olha – falei. Tudo, mas tudo mesmo, tem que ser possível de investigação imparcial. Não se pode mais olhar só para dentro da sua caixinha de joias. Não! Jogue fora essa caixinha! Tudo deve ser possível de investigação. Não pode ser mais "não vi e não gostei, não gostei porque não é da forma que penso". Não! Essa caixinha, que representa a mente fechada, ensimesmada, tem que desaparecer! O que são essas manchas em você?

- Eu ia falar a você depois. Um dia antes de elas aparecerem, notei que minha pressão arterial ficou instável, ora subia demais ora descia demais, ficou assim o dia todo. Depois vieram as vertigens, com isso a sensação de falta de aderência e culminando na ausência de percepção espacial. Sei que estou já no processo do afunilamento sem volta, e nem adianta mentir para mim. Além do mais, se eu não for por uma irei por outra mesmo. Estou com um tumor maligno nos dois seios. Hoje começo as sessões de radioterapia. Estou bem, posso enfrentar a minha morte numa boa!

Comecei a rir e Baby imediatamente me acompanhou. Talvez fosse o estresse motivado pela situação em que Baby se encontrava, talvez não, mas rimos até ficarmos sem força nenhuma e com aquela dor na musculatura do estômago. Depois paramos e ficamos em silêncio um instante.

- É assim - falei. Você é vida e vida não morre! O que vai desaparecer é o que você sempre soube que um dia iria desaparecer. O que morre ou desaparece é a forma em que a Vida aparece. E você não vai se deslocar para nenhum lugar no espaço. Você é Vida eterna Aqui e Agora infinitamente, sem-tempo, sem-espaço. Você está condenada a ser Vida para o resto da vida! Einstein falou sobre esse (lugar) sem-tempo ou campo ou... sei lá! Não há para aonde ir, o sem-tempo ou eterno é tudo ao mesmo tempo em um campo sem-espaço. O Ser essencial que você já É existe expandido em todas as direções (porque não há direções). Acredite, Deus vive esse seu personagem chamado Baby e toda sua situação de vida através de você. Para complicar, é como um louco que procura o louco que é ele mesmo. É um jogo, o jogo do Universo, o jogo divino de Deus. É para isso que as pessoas precisam Despertar, se Observando jogar o jogo do esconderijo do Altíssimo. Acredite, não acontece nada, a morte não existe! Há tanto tempo que Jesus nos alertou sobre isso, mas ninguém deu crédito ao que ele disse. O máximo que conseguiram chegar foi distorcer tudo o que Jesus falou dois mil e vinte cinco anos atrás! Agora o mundo deu nisso.

Joel deixou o apartamento de Baby e se perdeu no bairro do Morumbi. Como, falou para si mesmo, conheço isso aqui como a palma da minha mão, mas talvez deva descer do meu orgulho e usar o GPS. Olhou para sua direita e divisou a Rede Bandeirantes de Televisão. Pensou em parar e trocar informações com o pessoal do jornalismo. Por que não, já estava ali mesmo. Mas resolveu seguir direto para a Paulista.

As ruas estavam desertas semelhantes a cidades fantasma que aparecem nos filmes. Completamente sujas e com folhas de jornais circulando em redemoinhos, chegava a ser assustador, aqueles locais costumavam estar fervilhando de gente em seus carros, no entanto dava para seguir bastante com todos os semáforos abertos, para ninguém.

Joel chegou à Paulista em aproximadamente vinte minutos, um recorde impossível de ser batido em uma São Paulo normal.

Do lado de fora do prédio, dois seguranças o aguardavam, pois estava previsto no contrato como dever das duas partes, o contratante deveria avisar. que estava chegando e o contratado executar o previsto sem falha. Joel entrou e o portão se fechou atrás. Deixou o carro para o manobrista, parte integrante do previsto, e se dirigiu rápido ao elevador. Apertou o botão de número 25 e, em segundos, a máquina turbinada o deixava no holl particular, pois todo o 25º fora destinado a Uce.

- Joel – falou Nickolas do outro lado da sala. – Relatório dos adolescentes chegou. Incrível, apenas 0,02% desapareceram.

- Incrível mesmo. Veio de onde?

- Copenhagen, Dinamarca! Ainda é parcial, mas pode se confirmar assim.

- Vejo depois. Preciso olhar isso aqui! – exclamou Joel enquanto se esticava em um dos puffs gigantes instalados no chão próximo a um dos "fronts" que dava para a região dos Jardins.

Há dias Joel vinha mostrando um terrível cansaço. Pegou no sono e quase não teve tempo de terminar a leitura do segundo diário de Mauro Jorge. Como as coisas andavam calmas, não foi interrompido e pode dormir profundamente.

- Joel! – falou Maria.

- Oi, Boa Moça! De novo por aqui?

- Meu querido Joel... Tenho uma coisa para lhe falar.

- Claro! Pode ir direto ao assunto.

- O que sabe exatamente sobre os conflitos da Segunda Guerra Mundial?

- Eu estava lendo sobre isso mas não sei onde deixei, acho que perdi por aí. Eu sei o que li e o que vi nos documentários. Milhões morreram: vítimas de tiros, explosões e experiências nazistas.

- Muito bem. Vou lhe contar o motivo dessa guerra ter acontecido assim, da maneira como foi. Sabe o que significa "Hierarquias", espiritualmente falando?

- Não, não sei!

- Muito bem. Hierarquias são energias. Tudo é energia: seu corpo, sua mente, seus pensamentos, essa pedra aqui, aquela fruta ali, o lago, a grama, as árvores...

"Muito bem... – continuou Maria. – Além do espaço-tempo uma Hierarquia, chamada Hierarquia Reichiniana, dominava o cenário "galaxio-político" em uma das tantas galáxias existentes no Universo físico e não-físico. Essa Hierarquia havia assumido o governo central dessa galáxia e se perdera em corrupções, opressões, passando a governar em benefício próprio. Nem sempre tinha sido assim, nos primórdios de sua composição como Hierarquia Reichiniana. Seus integrantes se serviam de ideais nobres e viviam motivados por pertencerem ao sistema para poder mudá-lo para melhor. No entanto, nem tudo saíra como desejado. Ao assumir o governo central da galáxia, muito tempo havia se passado e a Hierarquia Reichiniana chegara desgastada ao poder, adulterada em seus princípios fundamentais".

"Após algum tempo de seu governo, as incúrias começaram vir à tona e tudo ruiu e a Hierarquia Reichiniana precisou se exilar em local estabelecido por uma Confederação. Assumiu então em seu lugar a maior Hierarquia de oposição, a Hierarquia Atmosferana, e estabeleceu-se que os exilados permaneceriam afastados por mil eras. Isso, obviamente, gerou uma adversidade entre essas Hierarquias. Um tempo sem-tempo se passou e quando a Hierarquia Atmosferana teve a permissão de povoar a Terra, foi dada também uma nova chance à Hierarquia Reichiniana para se redimirem dos erros cometidos, após cumprirem as mil eras de exílio, inestimavelmente longo".

"Logo após a Primeira Guerra Mundial, deu-se início ao programa de encarnação dos integrantes da Hierarquia Reichiniana que estivem dispostos ao sacrifício em tão denso habitar".

"Os oficiais, os soldados, a juventude hitlerista, simpatizantes e parte do cordão de aliados formavam na Terra a Hierarquia Reichiniana. Portanto, a guerra foi o cenário erigido para a pior, covarde, dolorosa, estúpida e mais sangrenta revanche de que se tem notícia. Esse foi o motivo inconsciente, e não a conquista por mais territórios, do acerto de contas denominado de Segunda Guerra Mundial".

- E como se explica o genocídio dos judeus?

- Posso salientar vários nomes, limpeza étnica, raça ariana, purificação da raça, adeus aos paralíticos alemães, adeus aos pulmões fracos alemães... Posso ficar aqui estendendo essa lista sem fim. Os judeus só estavam no caminho, nada excepcionalmente pessoal.

- Sei!

- Você precisa divulgar isso se mantendo absolutamente imparcial. Não ouve vencedores. Não houve nem os que estavam certos nem os que estavam errados, foi apenas um acerto de contas entre as Hierarquias, acredite. Acredita em mim?

Silêncio.

-Sim. Acho que sim. Claro que sim! – respondeu Joel num tom alegre, porém ambíguo.

Joel foi despertado por algo que acontecia lá embaixo na Avenida Paulista. Era o enterro do Governador e do Prefeito, com seus caixões em cima do caminhão do Corpo de Bombeiros e seguia em ritmo lento para o cemitério da Consolação.

- Que falta de sorte – comentou Dora. – Na última hora foram reprovados.

- Tem gente que se admira que tenham ido tão longe – falou Valéria. – Acham que o segundo módulo estava de bom tamanho pra eles.

- O que são aquilo ao lado dos caixões? – falou Mara. – Nossa, parecem dois anões.

- São da Escola de Circo que a prefeitura mantinha – respondeu Hiroshi.

- Vejam aquilo – comentou Nickolas –, são trapezistas se exibindo em trapézios montados em cima daquelas carretas lá atrás, e vem andando como os carros alegóricos nas Escolas de Samba.

- Não acredito que isso tenha sido ideia das famílias! – exclamou Joel e foi sentar-se em frente ao monitor do Control System Vip.

E não havia sido mesmo. A ideia partira dos partidários filiados ao Partido, como uma última aparição grandiosa aos eleitores. Porém, devido ao afunilamento, não havia quase ninguém senão um e outro mais ousado somente, as pessoas evitavam agora deixar suas casas e correrem o risco de secarem abruptamente e serem esquecidas nas ruas.

- Joel – falou Tomaz passando-lhe o pendrive –, os digitalizados do diário dois de Mauro Jorge. Vai enviar ou faço isso?

- Não! Eu faço, obrigado.

Joel colocara o pendrive no dispositivo do Control System Vip...

COPIANDO...

ENVIANDO...

ENVIADO/Uce/Brasil.peixeboi.Para.belga.Bruxelas.Para.hungaro.Budapeste: 2028-Funil.3: anexo.1.diário.2.de Mauro Jorge/ assunto: hierarquia reichiniana x hierarquia atmosferana – profunda análise – especificar psicopatias - estabelecer códigos de anomalias – pgta: seria possível modelos de neuroses agrupados em um mesmo padrão, e o que exatamente isso significaria? Tal quantidade de psicopatas reunidos tem precedentes na história? Se não tem, como explicar a capacidade de reunir de Gengis Khan e o poder de união de seus soldados, e de Alexandre, o grande, e de Napoleão Bonaparte, em fim? – obs. Não divulgar se houver discordância entre Bruxelas e Budapeste, ok? – aguardo retorno de vocês.

Tão logo terminou de enviar, digitou o comando de relatórios.

CARREGAR RELATÓRIO DE PORCENTAGEM...

ADOLESCENTES/ [RPA] [ENTER]...

Enquanto o Control System Vip executava seu trabalho, Joel se lembrou que, segundo as Visões descritas no diário de Mauro Jorge, o estigma de filtragem dos adolescentes se daria logo no início do segundo semestre de 2028, e setembro já ficara para trás há muito. Talvez esse percentual, pensou, se confirme definitivo.

CARREGANDO...

PORCENTAGEM CONFIRMADA 0,02% = (511.875) QUINHENTOS E ONZE MIL, OITOCENTOS E SETENTA E CINCO ADOLESCENTES ATINGIDOS EM TODO O MUNDO.

...

- Joel! – falou Dominus, seu próprio Ser. – O que faz aqui na casa? Não deveria estar no front?

- Preciso falar com Coiote Negro e não sei como fazer isso! Estou aqui elucubrando...

- Como, não sabe? Sabe sim! Libere sua mente do desejo e da necessidade de falar com o velho Xamã. Seu coração já sabe – espere. Só vim pra lhe dizer isso. Fui!

Joel pensou em se esticar no sofá mas desistiu. Olhou o relógio e continuava duas e um...

- O que quer de mim, frangote – falou-lhe ao ouvido o velho Xamã. – Estava no meio de uma soneca...

- Soneca?

- Ah! Modo de dizer. O que quer?

- Por que não foram salvos todos os adolescentes e por que a Segunda Guerra Mundial tem influído no que tem acontecido hoje no mundo? E por que...

- Hei! Calma lá! Calma! – exclamou o velho Xamã. – Está bem assim?

- Ta, desculpe!

- Primeiro, as coisas são como são e não como sua mente desejaria que elas fossem! E, segundo, essa sua arrogância de achar que sabe mais do que Deus! Largue isso! Solte esse lixo revestido de pensamentos humanitários. Pare de achar que é "bonzinho" porque não é! Ainda bem, não é? Se é que entende o que estou falando... Entende ou não entende?

- Sim.

- Pois bem! Os que vão permanecer aqui têm um trabalho e tanto pela frente. O que é excelente! Há muito para fazer! Não digo fazer no sentido de se construir mais uma casa, mais um prédio, mais uma ponte. Não!... Não!... Não!... Mas erigir uma Nova Terra, uma nova sociedade e seu novo sistema no qual tudo será estabelecido. Isso virá agora da Nova Consciência ou Novo Céu e não da velha consciência estruturada no medo, na ganância, no desejo!

"Já os que partiram, também é excelente, pois ganharam uma nova chance de evoluir. Um dia poderão encarnar novamente aqui ou mesmo optarem por um espaço-tempo inferior a fim de ajudarem na evolução daqueles que ainda vivem sob a escravidão de um ego iludido, enclausurado no próprio sonho e achando que está tudo bem, pois essa é a realidade do seu mundo...".

O velho Xamã parou de falar por um instante. A parede da sala se desfez e uma planície encimada por uma suave colina se descortinou ali. Havia ruminantes pastando sobre essa colina e lá embaixo no vale uma plantação de camomilas se estendia como um tapete sem falhas. Abelhas sobrevoavam e se jogavam contra as gemas amarelas das camomilas, num ritual de celebração à vida. O velho Xamã olhava agora na direção do horizonte e cantava um cântico que parecia se repetir e repetir e repetir nos paredões de imensas montanhas dormindo ao largo, muito longe, silenciadas pela Graça de Deus.

- Você falou da Segunda Grande Guerra – comentou o velho Xamã, irrompendo o silêncio doutrinador que se estabelecera silencioso naquele local. – É natural que essa ligação passe despercebida para a humanidade. Que tempo ela tem para fazer a ligação? Nenhum, nós sabemos disso. Então, o importante não é a resposta, mas a pergunta: "O que estou fazendo aqui? O que sou eu? O que a Segunda Grande Guerra tem em comum com o que hoje acontece no mundo, o que ela tem contribuído?" A pergunta movimenta camadas tão profundas em seu interior que a resposta brota virgem do profundo da essência do que é você! Portanto, faça a pergunta e tenha paciência para a resposta. Mas quando ela vier será como um jorro quente inundando seu ser numa manhã gelada, e não terá surgido de opiniões vazias, descabidas, mas da verdade mais virgem do seu ser. Preciso ir agora – falou e atravessou...

...

Joel deu um comando e aguardou.

SIMULAÇÃO DE CATÁSTROFE PARA 2029/2030/2031/

PROJETANDO AUMENTO DO NÍVEL DO MAR EM SETE METROS/

CORRENTE DO GOLFO ESTAGNADA/

PROGETIVA DE POSSÍVEIS LOCAIS ATINGIDOS... [MC] [ENTER]

COMANDO ACEITO...

RECEBENDO...

Joel iniciaria agora um passeio simulado e virtual pelo futuro nos continentes, um a um...

Os dias, as semanas e os meses corriam cada vez mais rápidos, pelo menos era uma sensação impossível de refutar. Tanto assim que acabara de chegar de Bruxelas e Budapeste a avaliação positiva do diário dois de Mauro Jorge e Joel ao vê-las na tela plana não disse outra coisa senão "Mas já?". Nossa, disse para si mesmo, já estamos próximo ao Natal.

Nunca em toda a sua vida Joel vira um Natal comemorado desta forma: não havia leitoas em cima de toalhas engomadas, nem perus nem chesteres, nem vinho nem champanhe, nem gente perfumada e emperiquitada, mas amor de forma incondicional e seu Presépio finalmente realizado. Todas as manias (cabelos, unhas, e à mesa local disso e local daquilo), tradições meramente conjecturais, superstições, desejos, fora suplantado em nome da Graça de Deus. Como não? Estavam ali comemorando o Natal de 2028! O que viesse depois não importava, porque fosse o que fosse se estaria vivendo ou morrendo na mesma Graça de Deus.

Exatamente a dois dias do Ano Novo, as Uces Interligadas divulgavam "A Doutrina da Segunda Guerra Mundial", foi como ficou conhecida. Também as porcentagens das mortes em cada um dos módulos. Igualmente também a porcentagem dos adolescentes que partiram. E finalmente o "Modelo de Simulação do Previsto para 2029 / 2030 / 2031.

MODELO CIENTÍFICO – 2029 . 2030 . 2031
LOCAIS POSSÍVEIS DE SEREM ATINGIDOS
ÁSIA / ÁFRICA / OCEANIA / EUROPA / AMÉRICA DO NORTE . AMÉRICA CENTRAL E AMÉRICA DO SUL

EUR/4
ABRINDO EUROPA...
1.uma/ Londres/ parte de/ sob oceano.
OCE/3
ABRINDO OCEANIA...
1.uma/ Sidney/ parte de/ sob oceano.
AMN/5
ABRINDO AMÉRICA DO NORTE...
1.uma/ Louisiana/ parte de/ total sob oceano/ demais vizinhança/ parte de.
AMC/5
ABRINDO AMÉRICA CENTRAL...
1.uma/ Central/ parte de/ total/ sob oceano.
AMS/5
ABRINDO AMÉICA DO SUL...
1.uma/ litoral/ parcial/ sob oceano/ de Tierra del Fuego/ passando pelo Rio de Janeiro/ seguindo até a Guiana Francesa.
AFR/2
ABRINDO ÁFRICA...
1.uma/ anomalia/zero.
ASI/1
ABRINDO ÁSIA...
1.uma/ intermitência/ regiões/ vasta.
...

O reboliço na imprensa foi mais do que o esperado – e seguiu toda ela rapidamente às UCEs espalhadas pelo mundo. As Uces há muito haviam se tornado referência para a população e sua postura para com a verdade se tornara modelo imprescindível. Daí a importância que a imprensa mundial dava às Uces, pois qualquer notícia que a imprensa repassava vinda das Uces era leitura certa e frequencia assídua dos espectadores aos Telejornais.

Na Avenida Paulista, em frente ao luxuoso prédio de escritórios para executivos, local onde se instalara a Uce em São Paulo, Joel prometera uma coletiva. Havia jornalistas do mundo inteiro, obviamente, e Joel se mantinha no controle mesmo cercado e peneirado por perguntas que surgiam atrás dos microfones.

- Bom... Eu não sei como isso tudo vai terminar. Talvez as coisas sigam como estão ou algo de novo surja e transforme o cenário. Mas se tudo ruir, e esperemos que não, podemos reconstruir tudo de novo. Essa garotada – abaixo de trinta "risos dos jornalistas" – vai saber como fazer isso na hora certa. Todos, acreditamos, vão receber a intuição da Força, que daqui para frente só tende a aumentar. Esses jovens têm a tecnologia para apoiá-los e sabem manuseá-la como ninguém, embora saibamos agora que a maior tecnologia disponível hoje no Planeta chama-se Intuição. E o fundamental é salvar a alma e não o corpo. O corpo vai se desfazer de um modo ou de outro, daqui a um mês, daqui a um ano, quem sabe daqui a dez. Mas vai se desfazer, ninguém tem um corpo dessa natureza para sempre. Já pensaram nisso? – "risos novamente".

Nisso, caminhando, vindo nessa direção, observando e achando tudo muito estranho, mudado demais para o seu gosto talvez, aproxima-se de onde Joel está.

- Que bagunça é essa, afinal? – pergunta Mauro Jorge.

Toda a atenção da imprensa agora se virava para ele e já lhe metiam os microfones repletos de curiosidades que rapidamente se transformavam em perguntas.

- Tirem, por favor, esses troços da minha cara! – exclamou. – O que me diz, Joel?

- Mauro Jorge! O que faz aqui, você está morto...

Ao ouvirem o nome do pai de "A Doutrina da Segunda Guerra Mundial", a imprensa entrou em polvorosa e nada segurava isso mais. Dando um basta à moda Pol Pot (ex-ditador cambojano) calou a imprensa ali mesmo, desfigurando uma imagem construída no coletivo imaginário.

- Que! Morto? Tem certeza? Tem mesmo certeza?

- Você entendeu! Quero dizer que fui ao seu crematório olhar de perto resumirem seu corpo em cinzas. Como pode estar usando esse mesmo corpo?

Havia muito barulho em volta deles, microfones se esbarrando o tempo todo, jornalistas tomando a frente uns dos outros, cabosmens gritando que saíssem de cima dos cabos.

- Ah, meu amigo, segredos de dimensão. Vamos sair daqui!

- O que disse? – perguntou Joel usando a mão como concha em uma das orelhas.

Nisso, um avanço abrupto no tempo os leva dali e os coloca sentados sobre o beiral do atelhadado da Igreja da Boa Morte na Rua do Carmo na Sé.

- Estive sempre aqui. Olha só essa visão! Demais! Todos que vão estão sempre aqui, numa dimensão paralela. Por isso, acredite; ninguém vai a lugar algum. Não existe, obviamente, lugar para se ir. É como saltar da letra para a melodia, sem precisar ir. Como dizem, é mais fino que o ar, não há distância!

- E como explica esse corpo?

- Isso aqui – puxa a pele do braço como e fosse um material sintético – é material desconhecido nesse Planeta. Parece carne, tem cor e textura de pele mas não é exatamente pele. Chama-se líneo, e é constituído de vibração estelar ou, se preferir, energia da vontade de Deus. Pura vibração, puro Poder, acredite!

E solta uma risada súbita, enormemente aberta, absurdamente alta, e faz com que Joel pensasse que Mauro Jorge estivesse brincando com ele. Obviamente que a sensação invade a agudeza de Mauro Jorge.

- Não! – exclamou Mauro Jorge. – Estou rindo daquela velhinha lá tentando vender um bilhete falso àquele rapaz que tentou ajudá-la. Olhar o ego das pessoas agindo é muito divertido. A humanidade ainda é muito infantil! Acha que Deus não provê coisa alguma, por isso age assim. A inconsciência da Verdade é o bilhete para o inferno, aqui e agora, sem precisar morrer!

- Confesso que fiquei preocupado que fosse verdade – comentou Joel.

- Continuando, então! Dessa forma, podemos transitar de uma dimensão para outra sem o menor atrito. Dificuldade zero! Temos naves também, criadas do mesmo material.

- Calma lá! – exclamou Joel ambiguamente descrente.

- É serio, escute! – falou. – Essas naves não são exatamente naves, como aqui se imagina. As naves, na sua essência, são núcleos de consciência que se formam assim como as bolhas de sabão são geradas, isto é, o sabão que se experimenta como bolhas, ou a Consciência que se experimenta como núcleos de consciências ou naves. É isso. Mas tudo isso pode nem estar acontecendo. Você não está sonhando acordado em seu sonho? Então tudo isso pode nem estar acontecendo de verdade. Já pensou nisso? Veja, vindo em nossa direção, não é o velho Xamã?

O velho Xamã caminha pela Rua do Carmo e num instante se acomoda entre Joel e Mauro Jorge.

- Será que esse beiral aguenta?

- Diz aí, velho – o cumprimentou Mario Jorge –, como estão as coisas no Atacama? Adoro aquele lugar!

- E aí, frangote – falou se referindo a Joel –, curtindo um pouquinho a vista? E você, Jorginho, passeando nessa bagunça? Não pude deixar de ouvir o que conversavam, desde lá de longe. Talvez o sonho e a realidade aqui sejam feitas da mesma substância!

- De líneo, talvez – comentou Mauro Jorge sorrindo.

- Isso, por que não? – assentiu o velho Xamã. – Talvez isso esteja mesmo acontecendo. Já pensou nisso, Jorginho?

Silêncio.

- Joel – falou Mauro Jorge.

- Oi – respondeu Joel sem tirar os olhos da vista da cidade.

- O que era afinal o reboliço todo?

- Sua doutrina sobre a segunda guerra mundial.

- Sério?

- Sério!

...

DISPONIBILIZANDO ONLINE E AO VIVO...

A DOUTRINA DA SEGUNDA GUERRA MUNDIAL

ANÁLISES FEITAS EM BRUCHELAS E BUDAPESTE
ORIGINAL DO DIARIO DOIS DE MAURO JORGE

...

Em muitas eras remotas – ou simplesmente eons –, em uma Galáxia que ainda não se chamava, nasciam duas hierarquias, uma nascida no Ponto de reichi e a outra na Hora de atmos. "Ponto" significa origem e "Hora" significa localização. Assim que essas hierarquias tiveram suas energias temperadas durante os eons que se seguiram, um atrás do outro, passaram a ter uma especificidade. A do Ponto de reichi ou origem passou a ser solicitada como Hierarquia Reichiniana. A da Hora de atmos ou localização, como Hierarquia Atmosferana.

Após outros eons terem se passado, a Hierarquia Reichiniana finalmente assumiu o governo central da Galáxia porém chegando desgastada, adulterada em seus princípios fundamentais.

Devido a problemas políticos de má gestação por parte da Hierarquia Reichiniana, assumiu a Hierarquia Atmosferana exilando a Hierarquia Reichiniana por eons. Isso, obviamente, fez com que essas Hierarquias se tornassem inimigas.

(...) Um tempo sem-tempo se passou e quando a Hierarquia Atmosferana teve a permissão de povoar a Terra, a chance de encarnar na Terra foi dada também às energias integrantes da Hierarquia Reichiniana para se redimirem dos erros cometidos, mas somente após cumprirem as mil eras de exílio ou eons.

No período compreendido o entremeio da Primeira Grande Guerra, veio a ordem para que a Hierarquia Reichiniana se preparasse para encarnar imediatamente após o término dos confrontos. E assim foi feito com cada integrante disposto a isso.

Foram encarnando por regiões, por parentes distantes, depois próximos e, fechando o círculo, por famílias. E assim continuou sedo feito através dos anos...

Hitler, muito antes de ser empossado no cargo, foi o iniciador da dinâmica que colocou em movimento a energia. Ele, simplesmente, jogou a semente e deve ter dito a algum membro de confidências: "Bom, se pegar, pegou!" Tanto é que, em alguns de seus discursos inflamados, feitos para parecer sério, mas dito sem convicção, da boca para fora, ele sempre se virava em seguida aos seus comandados e sempre com um risinho escondido no canto da boca, como que dizendo: "Ta dando certo!". E a semente pegou. E deu certo.

Como o povo judeu, dentro das áreas limítrofes alemãs, ficava no caminho, serviu (a priori) como pretexto também, e colocar tudo de uma só vez em pratos limpos. Até mesmo porque soldados paralíticos alemães foram executados no andamento pelo próprio sistema nazista. Então, era a sorte revestida de oportunidade servindo a Hitler o campo fértil onde quer que a semente fosse jogada a esmo, por assim dizer.

Estava mais do que na hora de organizar os frutos das sementes. Departamentos, salas, uniforme, bandeira, cor, cruz. Depois, regiões, locais e, finalmente, o núcleo da propaganda nazista. O resto veio tudo a contento, por assim dizer, como chuvas torrenciais na época das monções.

Hitler jamais teve certeza de que daria certo, mas deu, pelo menos até certo ponto do trajeto. Depois, tudo foi ruindo como sabemos. No entanto, não se pode deixar de reconhecer que as sementes eram boas e podiam ser aplicadas em dados fenomenais indo do esplendor científico, tecnológico, farmacêutico, às facilidades de uma nova agricultura, agropecuária e seus correlatos. Sim. As sementes eram boas, mas não as suas intenções, e apodreceram em um curto período de tempo pelo mau uso delas.

Finalizando, foi apenas um acerto de contas entre essas hierarquias, nada pessoal que a mente não diga o contrário.

Assinado: Mauro Jorge Lins.

...

Continua...

...

Por toda a Terra se via agora tsunamis, maremotos, terremotos, vulcões, tempestades, furacões, tornados, ciclones, tufões como antes se via na mídia assassinatos, assaltos, extermínios, sequestros, roubos, corrupção... A ponte para esse argumento é simples: toda essa violência plasmada durante séculos porém intensificada nos últimos noventa anos – esse furor de egos contracenando em uma arena favorável trouxe para mais próximo o convívio com as energias desses fenômenos climáticos, geográficos e geológicos, energias semelhantes em seu nível de expressão. Ou não?

Eu sou o teu Ser real... Hei! É com você mesmo que estou falando! Você que está lendo isso agora. Já pensou nisso? Você pode nem estar vivo. Você pode nunca ter existido! Você pode estar sonhando achando que está vivo. Tudo bem. Tudo pode ser. Tudo tem que ser possível mesmo. Já deve ter percebido isso. Mas já pensou nisso? Então pense! E acorde!

Fim.
Março de 2014.

Outras obras do autor:
Vovó Grande Mãe (livro infantil)
Caminho Sem Fim (místico, sem arquivo)
Tardes Quentes de Brincar (poema, sem arquivo)

Peças teatrais:
Retalhos (tema adulto)
Dom Cristóvão de la ilusión (tema adulto)
Cios da Terra (tema adulto)

Roteiro para Cinema e TV:
O Vale (drama de ação, sem arquivo)
Documentário São Luís Scrosoppi
As Reminiscências de todos nós (drama de ação, sem arquivo)

Peças adolescentes:
Arautos Ponto Com (temática teen)
Chicletes (temática teen)

Peça infantil:
Um Happening com Charles Darwin

e-mail para contato: skudero1000@gmail.com

Prováveis próximos livros:
Dom Cristóvão de la ilusión (peça) e O Livro de Kirke (romance).

Cenário em que a peça se dá: Espanha século 18.
Tema: místico, lendário, aventuroso.
Seu contexto se revela em uma paródia do ego, Dom Quixote e Sancho Pança, realizado através das personagens de Dom Cris e Fiel. Já o Livro de Kirke tem início em Nova York e roda por alguns países.

RLEITE nasceu em 1956 na cidade de Atibaia, interior de São Paulo. Formado pela Escola de Teatro da USP, atuou como ator e dublador. Redigiu peças para teatro e elaborou roteiros para cinema e TV. Escreveu três livros sendo o primeiro publicado.

Seu despertar espiritual se deu aos poucos, progressivamente entre 1988 a 2012, quando o céu simplesmente rasgou-se sobre ele. Soube então que sua busca havia terminado, e ele parou e Despertou.

Assim como a Meditação é um acidente que pode ou não acontecer em você, o Despertar não é diferente: ou ele acontece em você ou ele não acontece. Você não pode *tê-lo* se ele não *vier*.

CONTRA CAPA
MENTAL NOISE
REALIDADES INVISÍVEIS

Texto de Alexander Solzhenitsyn em Cambridge
Extraído de Odette Lara

"Após décadas de sofrimento, violência e opressão, a alma humana anseia por coisas mais elevadas, mais afetuosas e mais puras do que as oferecidas pelos hábitos atuais de vida no Ocidente, introduzidos pela revoltante invasão publicitária, pelo estupor da TV e pela música intolerável.

"É justo que a vida humana e as atividades sociais tenham como objetivo único a expansão material? É permissível que tal expansão seja promovida em detrimento de nossa integridade espiritual? Se o mundo não chegou ao seu final, chegou agora à maior virada de sua história, igual em importância à da Idade Média para a Renascença. Isso exigirá de nós uma retomada espiritual.

"Teremos que despertar para uma visão mais elevada, para um novo sistema de vida em que nossa natureza física não seja amaldiçoada como foi na Idade Média mas, mais importante, que nossa espiritualidade não seja pisoteada como o é em nossa era.

Agência Brasileira do ISBN
ISBN 978-85-917124-0-3

9 788591 712403

www.ingramcontent.com/pod-product-compliance
Lightning Source LLC
Chambersburg PA
CBHW032019170626
46807CB00006B/2880